Les scandales littéraires

Claire Julliard

Les scandales littéraires

Librio

Inédit

Sommaire

Avant-propos

Du bas latin *scandalum*, « pierre d'achoppement », « obstacle », le scandale désigne communément un coup d'éclat, un coup de théâtre ou une action immorale, honteuse. Il peut aussi, comme l'a souligné Marcel Aymé, constituer l'élément significatif d'un système. « *Ils révèlent à un public plus ou moins étendu certains aspects de la comédie humaine dont ils sont eux-mêmes des épisodes exemplaires*[1]. » L'ouvrage que nous proposons ici n'a rien de polémique. À travers une collection d'anecdotes significatives, ce petit livre tend à mettre en évidence le fonctionnement et les dysfonctionnements du milieu littéraire. On y verra que les auteurs sont des farceurs, des mystificateurs, des êtres de mauvaise foi et parfois même des personnages sans scrupule. Il leur arrive de se copier sans vergogne ou d'utiliser la plume d'un confrère. On y apprendra que personne n'est parfait, surtout pas les jurés de prix littéraires. Que les éditeurs se trompent souvent mais qu'il leur arrive parfois aussi de faire montre de courage.

On y verra que les mœurs n'ont guère changé depuis la fin du XIXe siècle, même si on ne se bat plus en duel, mais qu'on peut désormais publier un texte érotique sans être convoqué à la brigade mondaine. Pour citer encore l'excellent Marcel Aymé, « *ce qui confère au scandale toute son importance, ce n'est donc pas son côté singulier, épisodique, mais au contraire ce qu'il contient d'habituel et parfois même de quotidien*[2] ». Voici donc quelques aspects de la vie quotidienne des « gendelettres ».

---

1. In *Silhouette du scandale*, cité par Alain Schaffner dans Marie Dollé, éd., *Quel scandale !*, Presses universitaires de Vincennes, 2006.
2. *Ibid.*

I

Ces cancres d'éditeurs

À contempler les tombereaux de livres déversés chaque semaine sur les tables des librairies, on s'étonne : comment tant d'écrivains connus ont-ils pu avoir des difficultés à se faire publier ? Existe-t-il une cécité particulière des « professionnels » face à la nouveauté, l'inédit ? L'industrie du livre est-elle en passe de tuer l'artiste ? En 1950, Julien Gracq annonce la crise à venir : « *L'époque, malgré le foisonnement évident des talents critiques (peut-être son signe le plus distinctif), semble plus incapable qu'une autre de commencer à trier elle-même son propre apport. On ne sait s'il y a une crise de la littérature mais il crève les yeux qu'il existe une crise du jugement littéraire*[1]. » Que l'auteur français le plus lu à l'étranger ait dû porter son *Extension du domaine de la lutte* de maison en maison en essuyant divers refus avant d'être publié a de quoi faire douter du fameux flair dont se targuent les éditeurs. Dans le cas de l'auteur en question, Michel Houellebecq, Nadeau, pourtant fameux découvreur de talents, dut un peu se faire prier. Il était las d'essuyer les plâtres de ses confrères. Littéralement assiégé par le jeune écrivain, il résista un an puis céda, heureusement.

L'ÉDITION N'EST PAS UNE SCIENCE EXACTE

Même s'ils doivent passer par un parcours du combattant, les bons écrivains finissent en général par se faire éditer. Mais ils doivent d'abord composer avec la lenteur des services de manuscrits. Ces derniers ploient sous des flots de manuscrits,

1. Julien Gracq, *La littérature à l'estomac*, José Corti, 1949.

lesquels sont photocopiés et envoyés sans discernement à toutes les maisons. Cependant, la lourdeur de fonctionnement de ce secteur n'explique pas tout. Depuis toujours, les éditeurs ont laissé filer la perle rare. L'exemple le plus fameux reste le refus par Gallimard du premier volume d'*À la recherche du temps perdu* de Proust. L'éditeur responsable de cette bourde n'étant pas un lecteur lambda mais André Gide lui-même. Non pas qu'il ait omis d'ouvrir le livre comme on l'a parfois avancé. « *Le métier d'éditeur consiste à refuser* », aimait-il à dire. Oui mais il faut aussi savoir dire oui. Que s'est-il passé ?

L'auteur des *Faux-Monnayeurs* a bel et bien parcouru le manuscrit, mais la longueur inhabituelle des phrases l'a découragé de poursuivre. Il regrettera amèrement son refus, et après la parution du premier volume, *Du côté de chez Swann*, manifestera son regret d'avoir laissé échapper ce monument : « *Depuis quelques jours je ne quitte plus votre livre,* écrit-il à Proust, en 1914, *je m'en sursature, avec délices ; je m'y vautre. Hélas ! Pourquoi faut-il qu'il me soit si douloureux de tant l'aimer. Le refus de ce livre restera la plus grave erreur de la N.R.F.*[1] *– et (car j'ai honte d'en être beaucoup responsable) l'un des regrets, des remords les plus cuisants de ma vie*[2]. » Proust n'a pas été seulement refusé chez Gallimard : l'écrivain avait également adressé son manuscrit aux Éditions Fasquelle. Le lecteur de la maison s'ennuya fort à sa lecture et, le lendemain du refus de Gallimard, Marcel se vit retourner son énorme manuscrit accompagné d'une lettre qui lui notifiait avec courtoisie le refus de publier un ouvrage « *aussi considérable, aussi différent de ce que le public a l'habitude de lire* ». La lettre passait sous silence le rapport désastreux du lecteur, lequel évoquait d'« *insondables développements* » et des « *enchevêtrements inconcevables* ».

Après ces mésaventures avec les deux grandes maisons de l'époque, Proust tenta une troisième expérience. Il chargea un ami, Louis de Robert, d'envoyer son manuscrit au directeur d'Ollendorf. « *Cher ami,* lui répondit ce dernier, *je suis peut-être bouché à l'émeri, mais je ne puis comprendre qu'un monsieur puisse employer trente pages à décrire comment il se tourne et se retourne dans son lit avant de trouver le sommeil*[3]. »

1. Nouvelle Revue Française.
2. Ghislain de Diesbach, *Proust*, Perrin, 1991.
3. *Ibid.*

Désemparé, Proust se retourna vers un quatrième éditeur, Bernard Grasset. Cette fois la réponse fut rapide et positive. Marcel put envisager les termes de son contrat. Et, comme le rappelle Pierre Assouline[1], Gaston Gallimard, désolé, tenta bien de rattraper Proust par la manche en lui proposant d'éditer ses chroniques du *Figaro,* mais en vain.

L'édition est affaire de flair mais aussi de promptitude. C'est à qui dégaine le premier. Les erreurs sont légion. La même année 1913, un jeune auteur est refusé chez Gallimard. Il est déjà l'auteur d'un livre chez Grasset, *L'enfant chargé de chaînes*. Son nom ? François Mauriac, futur prix Nobel de littérature.

Bourdes en série

À diverses reprises, des journalistes se sont amusés à envoyer à des éditeurs des manuscrits déjà édités. Cela afin de prouver qu'ils sont rarement lus. Pierre Belfond a été victime de l'une de ces mystifications, comme il l'évoque avec humour dans ses Mémoires[2]. En 1978, Anne Gaillard, journaliste vedette à France Inter, lance un énorme canular destiné à répondre aux incessantes questions des auditeurs sur le moyen de se faire publier « *quand on ne connaît personne* ». On l'interroge aussi sur le sort des manuscrits envoyés par la poste. Pour en avoir le cœur net, elle fait dactylographier en dix exemplaires *Han d'Islande,* de Victor Hugo. Le nom de l'auteur a bien sûr été changé et le manuscrit rebaptisé d'un titre grotesque : *Les mineurs sont des fous*. Même opération pour *Mon village à l'heure allemande,* de Jean-Louis Bory. Le livre, prix Goncourt 1945, a été retitré *Avec eux*. Anne Gaillard les a simultanément fait poster aux vingt principaux éditeurs parisiens. La plupart ont répondu rapidement à l'ami dont le nom et l'adresse figuraient sur les envois. Verdict sans appel pour l'œuvre de Hugo : toutes les maisons l'ont refusée. Elles ne manifestent pas plus d'intérêt pour celle de Bory.

« *Honte à vous, messieurs les éditeurs* », lance la journaliste lors de son émission du 26 mai. Un seul éditeur a flairé le coup fourré : il s'agit de Georges Piroué, directeur littéraire des éditions Denoël et distingué critique, qui a adressé au

1. Pierre Assouline, *Gaston Gallimard,* Balland, 1984.
2. Pierre Belfond, *Scènes de la vie d'un éditeur,* Fayard, 2007.

complice d'Anne Gaillard une lettre de félicitations à transmettre à Victor Hugo. Restent, comme elle le souligne, dix-neuf éditeurs « *incultes et sans flair* » qui se sont contentés de retourner une lettre de refus type avec formule d'usage. Aucun d'entre eux n'a décelé le moindre talent chez ce malheureux Hugo.

Anne Gaillard enfonce le clou en décernant en direct un « *bonnet d'âne en chef* » à Belfond. Car la lettre de refus du roman de Bory – qui est alors l'auteur vedette de la maison – a été glissée dans une enveloppe affranchie selon l'usage de l'époque avec une machine postale frappée de la formule publicitaire suivante : « Lisez *Le pied* de Jean-Louis Bory ! » Bon prince, Pierre Belfond admit sa défaite. Il rencontra la journaliste, l'embrassa et lui avoua qu'il avait reçu une sacrée leçon.

En 1992, dans *Le Figaro littéraire*, le critique Renaud Matignon réitère l'expérience. Il piège cette fois les trois éditeurs de Marguerite Duras. Sous le nom de Guillaume P., il fait dactylographier, en changeant les noms des personnages et des lieux, un roman peu connu de Duras, *L'après-midi de madame Andesmas*. Sous le nouveau titre de *Margot et l'important*, il l'expédie chez Gallimard (le propre éditeur du manuscrit original), aux Éditions de Minuit et à P.O.L. Des trois maisons, il n'obtient que quelques lignes de refus. Marguerite mise au rebut par ses propres éditeurs... Qui osera dire encore que les ouvrages sont lus avec attention par les services de manuscrits ? Certes, chaque année, un éditeur se targue d'avoir publié un ouvrage « reçu par la poste ». Serait-ce l'exception qui confirme la règle, le livre-alibi destiné à accréditer le sérieux d'une maison ? *A contrario*, comme le confiait un directeur littéraire ayant pignon sur rue, il n'existe guère aujourd'hui d'écrivain maudit. Car tout auteur digne de ce nom « connaît des gens » dans le milieu littéraire, il a écrit quelque article ou publié une nouvelle dans une revue et, à l'occasion, sait se montrer dans les cocktails parisiens. Sans doute. Il n'empêche qu'on rencontre toujours de grands auteurs ayant mis un temps considérable avant de se faire éditer. Tout romancier ne se double pas automatiquement d'un Rastignac en herbe.

L'absence de vista des éditeurs, leur prudence ou leur réticence vis-à-vis de la nouveauté d'un style, de la hardiesse ou du caractère iconoclaste d'un propos n'est pas une spécificité française. Aux États-Unis, un Patrick Dennis essuya le refus de douze éditeurs pour son hilarant *Autour du monde avec Tante Mame*, avant d'être accepté en 1954 par Vanguard Press qui en vendit deux millions d'exemplaires. L'excentrique héroïne du livre devint si populaire que le roman fut bientôt adapté au théâtre, au cinéma et finit sous la forme d'une comédie musicale...

Un autre livre devenu culte a connu un rejet généralisé : le *Traité du zen et de l'entretien des motocyclettes* de Robert M. Pirsig a été refusé, selon les dires de l'auteur, par cent vingt et un éditeurs avant d'être publié en 1974 et de rencontrer un succès immédiat. Dans le *New Yorker*, George Steiner compara à *Moby Dick* ce roman des seventies qui allait devenir un best-seller mondial.

Plus dramatique est l'histoire du jeune John Kennedy Toole. Le titre de son roman, *La conjuration des imbéciles* (*A Confederacy of Dunces*), se plaçait sous l'égide de Jonathan Swift : « *Quand un vrai génie apparaît en ce bas monde, on peut le reconnaître à ce signe que les imbéciles sont tous ligués contre lui.* » La suite de l'affaire fait résonner cette épigraphe comme une épitaphe. Après avoir été rejeté par la quasi-totalité des éditeurs américains, le jeune homme, gravement dépressif, se suicida en 1969 à l'âge de trente-deux ans. L'éditeur Simon & Schuster avait osé qualifier son livre d'« indigent ». C'est à la persévérance de sa mère aidée par l'écrivain Walker Percy qu'on doit finalement sa publication en 1980 par la Louisiana State University Press. Comme le souligne la quatrième de couverture : « *Le plus drôle dans cette histoire, pour peu qu'on goûte l'humour noir, c'est qu'aussitôt publié, le roman a connu un immense succès aux États-Unis et s'est vu couronné en 1981 par le prestigieux prix Pulitzer.* » Le livre, traduit en dix-huit langues, a été vendu à plus d'un million et demi d'exemplaires. Il est aujourd'hui considéré comme un classique de la littérature américaine. On pourrait considérer la tragédie de John Kennedy Toole comme une leçon à méditer pour les auteurs malheureux. Ceux-ci ne doivent jamais désespérer. Le temps finit par départager les bons des mauvais, c'est-à-dire les vrais écrivains des faiseurs et des opportunistes.

Pour certains, donc, la publication est affaire de patience. « *C'est un grand bonheur pour moi de revenir en littérature* », a déclaré Jean-Marie Blas de Roblès lors de l'attribution de son prix Médicis 2008 pour son roman *Là où les tigres sont chez eux,* publié chez Zulma. Peut-être en raison de sa longueur (800 pages), son manuscrit avait été refusé en 1997 par une douzaine d'éditeurs, et non des moindres. L'écrivain, qui avait déjà passé dix ans à travailler son récit, ne l'a plus représenté pendant dix ans. Après l'accueil enthousiaste de Serge Szafran, son éditeur, puis celui des libraires et enfin celui du public, son livre se vit sélectionné sur la plupart des listes de prix (il reçut le Médicis, le prix du roman Fnac et le prix Jean Giono). Ce *happy end* rappelle qu'en art la réussite est souvent le couronnement d'échecs surmontés. Louis Guilloux, l'auteur du *Sang noir* à qui un jeune homme demandait un conseil pour devenir écrivain, répondit simplement par ces mots : « *Faut pas se dégonfler...* »

II

Le Goncourt pour les nuls

Difficile d'harmoniser les sensibilités et les goûts des membres d'un jury littéraire. Chaque rentrée littéraire est marquée par des bruits et des chuchotements autour d'une ou deux œuvres dont « on dit » qu'elles auront le Goncourt ou tout autre prix. On pressent ainsi qu'un livre dominera les autres, qu'il marquera, sinon son époque, du moins les mois à venir. À tel point que, quelques semaines avant l'annonce du lauréat, les jeux semblent faits. Pourtant, par des manigances de dernière minute, de petits arrangements confidentiels, ladite œuvre se retrouve parfois mise au rebut. C'est ainsi que Guy Mazeline fut finalement préféré à Céline, Jean-Jacques Gautier à Jean Genet ou Paul Colin à Roger Nimier.

Les motifs sont parfois bien futiles. En 1968, l'année où Albert Cohen, alors inconnu du grand public, sortit chez Gallimard son monumental *Belle du Seigneur*, les jurés du Goncourt, qui étaient à l'époque relativement jeunes, hésitèrent à attribuer le prix à un auteur de soixante-treize ans. Le chef-d'œuvre d'Albert Cohen fut finalement éclipsé par *Les fruits de l'hiver* de Bernard Clavel, au demeurant excellent artisan des lettres, mais *Belle du Seigneur*, tout de même ! Heureusement, les Immortels de l'Académie française rattrapèrent Albert Cohen en le couronnant les premiers avant l'annonce du palmarès des Goncourt. Des années plus tard, ses jurés ayant pris de la bouteille, le célèbre prix reviendra à Marguerite Duras, alors âgée de soixante-dix ans, pour *L'amant*.

Petites tractations entre amis

La plus criante injustice jamais perpétrée par l'illustre Académie reste l'affaire Céline en 1932. Le *Voyage au bout de la nuit* paraît alors accompagné d'un prière d'insérer de Robert Denoël qui, conscient de publier un chef-d'œuvre, annonce « *un livre promis à un retentissement exceptionnel* ». Très vite, le livre crée l'événement. Son « non-couronnement » par le Goncourt n'est donc pas à mettre sur le compte d'une quelconque cécité. Il résulte, selon Frédéric Vitoux[1], d'un « long feuilleton tragi-comique » dont la France, alors en mal de distraction, se délectera durant des mois. Premiers acteurs de ce petit drame, les académiciens Goncourt. À leur tête, J.H. Rosny aîné, auteur avec son frère de *La guerre du feu*, en 1911. Ledit frère, J.H. Rosny jeune, siège avec lui au sein du jury. On y trouve aussi le monarchiste Léon Daudet, l'antimilitariste Lucien Descaves, Roland Dorgelès, auteur des *Croix de bois* ainsi que des romanciers plus oubliés comme Jean Ajalbert, Gaston Chereau, Pol Neveu ou Léon Hennique. Au cours du déjeuner préparatoire chez Drouant, le fameux restaurant des Goncourt, les frères Rosny, Descaves aussi bien que Daudet se déclarent favorables au *Voyage* au point que Léon Daudet propose de procéder sans attendre à la proclamation du prix, ce qui n'est évidemment pas faisable, l'attribution officielle étant prévue le 7 décembre. Céline attend, de plus en plus confiant : « *Je suis indifférent à cette gloire,* écrit-il à son amie Cillie Pam[2], *mais j'aimerais bien le résultat financier, qui est très important et vous assure une fois pour toutes l'indépendance matérielle, mon rêve. Je ne suis pas certain du tout de l'obtenir mais j'ai des chances sérieuses.* »

Tout semblait bien parti. Mais à la surprise générale, le 7 décembre, le jury se prononce au premier tour, soit six voix contre trois, pour *Les loups* de Guy Mazeline paru chez Gallimard. Seuls ont voté pour Céline, Léon Daudet, Jean Ajalbert et Lucien Descaves. Face à la trahison des Rosny, ce dernier claque la porte et file raconter l'affaire aux membres du Renaudot qui déjeunent à l'étage au-dessous. Ces derniers vont-ils rattraper le *Voyage* ? Oui, mais au bout de trois tours, et avec une petite majorité. Certes, Céline aura cette consola-

1. Frédéric Vitoux, *La vie de Céline*, Grasset, 1988.
2. *Cahiers Céline*, n° 5, in *La vie de Céline*, *op. cit.*

tion du Renaudot mais il ne se remettra jamais tout à fait de sa défaite au Goncourt. Le lendemain, lors de la réception donnée en son honneur par Robert Denoël, Céline ne fait qu'une brève apparition, le sourire crispé : « *L'échec du Goncourt, voilà ce qu'il ressasse,* écrit Vitoux, *voilà ce qui nourrit son amertume, dont il se délecte déjà avec pessimisme et qui justifie en somme sa solitude atrabilaire*[1]. »

Le « non Goncourt » à Céline sera abondamment commenté dans la presse. Pourquoi un Dorgelès a-t-il voté pour Mazeline alors qu'il avait déclaré que Céline était son candidat ? Pourquoi les Rosny ont-ils changé d'avis ? Certains articles éclairent sans doute les raisons de la défection de Rosny aîné. Galtier-Boissière, dans *Le Crapouillot,* rappelle que *L'Intransigeant,* auquel Mazeline collabore, vient de publier en feuilleton un roman de Rosny aîné. Le journaliste accuse franchement Rosny d'avoir vendu sa voix et réclame sa démission. Dans son magazine *Le Huron,* le journaliste Maurice-Yvan Sicard va plus loin encore, en accusant cette fois les frères Rosny et Dorgelès de se vendre chaque année au plus offrant. Les trois académiciens portent plainte contre les deux journalistes qui se retrouveront devant les tribunaux. Le premier procès contre *Le Crapouillot* débouchera sur un accord amiable. Sicard, rétif à tout compromis, se résoudra par deux fois à payer aux intéressés dommages et intérêts.

PETITS MENSONGES ENTRE AMIS

Moins connue, mais tout aussi exemplaire, l'affaire du prix de la Pléiade éclaire les arrangements possibles entre jurés. Une chose en effet est d'hésiter entre plusieurs noms pour des motifs plus ou moins clairs. Une autre est de jouer avec les nerfs d'un malheureux aspirant. Céline, entré en littérature avec fracas, ne digéra jamais sa blessure. Le jeune Boris Vian, quelques années plus tard, découvrira avec stupeur ce que vaut la parole de jurés littéraires.

Il a vingt-six ans et vient d'écrire *L'écume des jours,* une œuvre unique par son style et son inventivité langagière. En 1946, il rencontre Sartre qui se plonge dans son manuscrit où il est par ailleurs caricaturé sous le nom de Jean-Sol Partre.

1. *La vie de Céline, op. cit.*

Le philosophe, amusé et séduit par le livre, assure le jeune écrivain qu'il accordera sa voix à *L'écume* pour le prix de la Pléiade. Il s'agit d'un prix décerné sur manuscrit, doté de 100 000 francs, une fortune pour l'époque. L'Eldorado pour ce jeune écrivain qui se verra intronisé dans le milieu littéraire, et pourra peut-être même abandonner un travail d'ingénieur qui l'ennuie pour se consacrer à l'écriture.

Le prix lui-même est composé d'une « pléiade » d'écrivains de renom. Outre Sartre, on y trouve Albert Camus, Paul Éluard, André Malraux, Marcel Arland, Joë Bousquet, Jean Paulhan, Raymond Queneau, Maurice Blanchot, Roger Grenier et Roland Tual. Jacques Lemarchand (secrétaire général de Gallimard) est le secrétaire du jury.

Encore novice dans le microcosme des lettres, Boris Vian l'ingénieur ne doute pas une seconde que les nombreux soutiens dont on l'assure lui vaudront la récompense attendue. *L'écume des jours* est en concurrence avec *Terre du temps*, un recueil de poèmes religieux de Jean Grosjean, un abbé défroqué qui collabore à la *N.R.F.*, ce qui aurait dû attirer son attention. Le 25 juin, alors qu'une majorité s'était prononcée pour le roman de Vian, le prix de la Pléiade est décerné par huit voix contre une à l'œuvre du prêtre, contre trois à Boris et une à... Henri Pichette qui n'était pas en lice. Ce vote revient à Paul Éluard qui a ainsi esquivé la querelle qui oppose partisans et adversaires de *Terre du temps*. En effet, Grosjean a fait l'objet d'une campagne menée par son ami André Malraux.

Boris tombe des nues, il est ulcéré. Cet affront pèsera lourd sur ses choix ultérieurs. Il en veut particulièrement à Arland et à Paulhan, qui ont changé d'avis après l'avoir assuré de leur vote. Seuls Sartre, Queneau et Lemarchand l'ont soutenu jusqu'au bout. Face à cette injustice, il réagit comme un enfant, se rend chez Gallimard et dit haut et fort ce qu'il pense de Jean Paulhan, ce « sans-parole ». Il verra plus tard ce qu'il en coûte de ne pas respecter le code du silence de ce milieu feutré. Certes *L'écume des jour*s sera publiée chez Gallimard mais, fatigué par ses excès, le milieu littéraire ne tardera pas à lui tourner le dos. *L'automne à Pékin*, qui met en scène un caricatural Abbé Petitjean, un infâme contremaître nommé Arland, ainsi qu'un apprenti policier quasi demeuré nommé Poland, sera tout simplement refusé.

Plus tard, au plus fort des riches heures des caves de Saint-Germain-des-Prés, Boris parodie le prix de la Pléiade en créant le prix du Tabou, « *décerné par les auteurs du Scorpion*[1], *aux auteurs du Scorpion et arrosé par le directeur du Scorpion* ». Le prix est attribué le 25 février 1948 à une certaine Sally Mara, pseudonyme de son complice Raymond Queneau, par un jury composé de Boris Vian, de sa femme Michelle, de son frère Alain, d'un journaliste de *France Dimanche* et du patron du Tabou. Absente de Paris pour des raisons évidentes, Sally Mara s'est fait remplacer par Queneau. Interrogé à l'issue de la cérémonie, Boris déclare, imperturbable, au *Canard enchaîné* :

Qu'il n'a pas lu le livre concerné.

Que le lauréat a été tiré au sort.

Que le prix du Tabou n'est qu'une occasion de boire gratuitement l'apéritif.

« *Nous le remercions de son honnêteté intellectuelle,* commenta l'hebdomadaire satirique. *Ce qu'il a dit est valable pour tous les prix littéraires. Mais Boris Vian est le seul à le dire.* »

S'ils relèvent souvent de la mascarade dénoncée par Boris Vian, les prix littéraires n'en constituent pas moins une forme de mécénat utile pour les écrivains. Les auteurs sont rares, en effet, à vivre de leur plume, quelques dizaines tout au plus. Un certain nombre vivotent, grâce à des travaux d'édition payés au lance-pierre. Une étude récente montre que 60 % des écrivains disposent de revenus au-dessous du seuil de pauvreté. Les prix, qui constituent une forme de bourse pour les auteurs, sont aussi une manne pour les éditeurs qui à chaque rentrée tentent de décrocher le gros lot.

La triade d'automne

Il est courant, lorsque l'on parle des grands prix d'automne, d'évoquer la triade Galligrasseuil censée en régir le fonctionnement souterrain. Ce fut longtemps le cas, lorsque l'on examine les lauréats du Renaudot, du Médicis ou du Grand Prix de l'Académie française jusqu'à une date récente. C'est un peu moins vrai pour l'Interallié, largement dominé depuis 1965 par Grasset (vingt et une fois sur vingt-cinq entre 1965 et 1990, ce qui lui a valu le surnom d'Intergrasset). Était-ce

1. La petite maison d'édition qui publia *J'irai cracher sur vos tombes*.

en raison de la large représentation d'auteurs Grasset au sein du jury ? Il ne serait pas calomnieux de l'affirmer.

Pour ce qui est du Goncourt, sorte de prix d'excellence des écrivains, c'est Gallimard qui remporte la palme haut la main avec trente-cinq lauréats sur les cent cinq que compte actuellement le palmarès. Grasset et le Seuil ne totalisent eux que dix sept et cinq prix. Face aux nombreuses critiques, le jury a, en février 2008, décrété une réforme. Il était temps. Des renvois d'ascenseur au système de réseau, de la concentration des prix sur trois éditeurs (Galligrasseuil), aujourd'hui quatre (Albin Michel), à la corruption de jurés (le cas André Stil est fameux, dont le Seuil s'empressa de rééditer l'œuvre complète en 1977 alors qu'il venait d'être nommé au jury des Goncourt), le système paraissait tout à fait vicié.

Évoquer ce triumvirat Galligrasseuil est moins pertinent qu'autrefois dans un paysage éditorial en pleine mutation (concentration des groupes, naissance de maisons indépendantes)[1]. Depuis 2005, la triade s'efface en effet au profit du seul Gallimard qui s'est vu attribuer trois Nobel, dont deux étrangers (Harold Pinter en 2005, Orhan Pamuk en 2006 et J. M. G. Le Clézio en 2008) et grâce au jeu de ses filiales, trois Goncourt, *Les bienveillantes* de Jonathan Littel en 2006, *Alabama Song* de Gilles Leroy au Mercure de France (qui appartient à 100 % à Gallimard) en 2007 et *Singué Sabour* d'Atiq Rahimi, chez P.O.L. (autre « filiale » Gallimard) en 2008. Aujourd'hui, ce n'est plus Galligrasseuil mais plutôt Gallitoutseul...

Littérature sans prix

On ne saurait reprocher aux jurés du Goncourt d'avoir primé un Proust (*À l'ombre des jeunes filles en fleurs*, Gallimard) en 1919, un Malraux (*La condition humaine*) en 1933, mais, le temps faisant son œuvre, qui se souvient de John-Antoine Nau, le premier lauréat (*Force ennemie*, Éditions de la Plume), de Francis de Miomandre (*Écrit sur l'eau*, Plon) ou de Maurice Vedel (*Jérôme, 60° latitude nord*, Gallimard) ? Que de luttes intestines, de crispations pour des auteurs si vite oubliés...

Les prix, on les critique, on en dénonce les magouilles, le copinage, mais rares sont les écrivains à les refuser. En 1951,

1. Voir « Galligrasseuil existe-t-il encore ? » in *lalettredulibraire.com*.

le discret Julien Gracq crée l'événement en refusant le Goncourt pour *Le rivage des Syrtes*. Paradoxalement, c'est ainsi qu'il se fait connaître du grand public. En 1946, l'éditeur de Jacques Prévert ayant cru bon de proposer à un jury son recueil *Paroles*, qui connaissait un succès considérable, reçut du poète le télégramme suivant : « *BONJOUR. SERAI PARIS MARDI. MAIS SUIS DÉSAGRÉABLEMENT SURPRIS QUE VOUS AYEZ SANS ME PRÉVENIR ENVOYÉ LETTRE RETAPE CATALOGUE PROSPECTUS POUR PRIX CRITIQUE DONT JE ME CONTREFOUS SUIS PAS DU TOUT D'ACCORD LA POÉSIE N'A PAS DE PRIX MÊME PAS LA MIENNE COMPTE SUR VOTRE OBLIGEANCE POUR FAIRE NÉCESSAIRE À CE SUJET SUIS SEULEMENT CANDIDAT POUR PRIX NOBEL EN QUALITÉ VULGARISATEUR POUDRE D'ESCAMPETTE. AMICALEMENT TOUT DE MÊME ET À BIENTÔT*[1]. »

En 1964, le refus du prix Nobel de littérature par Jean-Paul Sartre fait grand bruit. « *Aucun homme ne mérite d'être consacré de son vivant* », explique le philosophe. Fidèle à ses engagements, à son refus d'aliéner sa liberté, inquiet de devenir une institution, d'être statufié de son vivant, Sartre a déjà refusé la Légion d'honneur, une chaire au Collège de France. Il refusera également qu'on réunisse ses œuvres en Pléiade.

Le paillasson des Goncourt

En 1974, un vent de révolte souffle contre les Goncourt. L'un des instigateurs de cette fronde s'appelle Jean-Edern Hallier, fou de rage de ne pas avoir été lui-même distingué. Pour mener à bien sa vengeance, il dispose d'une recrue de choix en la personne de Jack Thieuloy. Cet anarchiste marginal fascine le bourgeois parisien qu'est Jean-Edern. Jack Thieuloy est connu pour ses démêlés avec les éditeurs et sa dénonciation de la mascarade des prix. Cette année-là, il vient d'être écroué pour avoir déposé un cocktail Molotov au domicile de la jurée Goncourt Françoise Mallet-Joris, provoquant un feu de paillasson. Jamais en reste, Hallier revendique l'attentat, il faut, dit-il, « *purifier la République des lettres* ». Dans la foulée, il décide de créer un anti-Goncourt. Des cocktails Molotov éclatent au Seuil et chez Grasset. Gallimard reçoit des menaces terroristes. Le 17 novembre, jour de l'attribution du prix, les jurés arrivent

1. Marc Andry, *Jacques Prévert*, Éditions de Fallois, 1994.

chez Drouant entourés de renforts de sécurité. À leur sortie, Michel Tournier et Françoise Mallet-Joris sont aspergés de ketchup. Place Gaillon, devant le célèbre restaurant, Jean-Edern s'époumone : « *Le prix Goncourt à Pierre Goldmann !* » Le militant d'extrême gauche, accusé d'un double meurtre, vient d'être condamné à perpétuité. De sa prison il a écrit *Souvenirs obscurs d'un Juif polonais né en France*. Il refusera l'anti-Goncourt. Celui-ci reviendra finalement à Thieuloy pour son roman *La geste de l'employé*. Ses amis se réuniront au Café de la Santé, face à la prison, pour l'attribution symbolique de son prix. En 1976, à sa sortie, l'ex-taulard court à sa banque toucher son chèque de 5 000 francs. Il découvre alors que les mœurs de l'anti-République des lettres ne sont pas si pures : le chèque est en bois. Outré, Thieuloy porte plainte contre Hallier. On dit que l'Autobianchi de ce dernier subit à l'occasion le même sort que le paillasson de Françoise Mallet-Joris[1].

L'affaire Ajar

La bombe la plus explosive éclate l'année suivante. En effet, les Goncourt vont distinguer le mystérieux Émile Ajar pour *La vie devant soi* par six voix contre quatre, trois pour *Le policeman* de Didier Decoin et une pour *Villa triste* de Patrick Modiano. Face à ce choix, les jurés du Renaudot, qui ont voté à l'unanimité pour *La vie devant soi*, doivent renoncer à leur favori. En se faisant attribuer une seconde fois le Goncourt, Gary qui l'avait déjà reçu en 1956 pour *Les racines du ciel* vient de subvertir le prix de manière plus redoutable et plus efficace que toutes les provocations d'un Jack Thieuloy ou d'un Jean-Edern. Le règlement stipule en effet qu'un même auteur ne peut être récompensé deux fois. C'est d'ailleurs pour prévenir l'incident que Gary fait écrire à Paul Pavlowitch – le supposé Ajar – une lettre de refus. Ce à quoi Hervé Bazin lui fait répondre : « *L'Académie vote pour un livre, non pour un candidat. Le prix Goncourt ne peut ni s'accepter ni se refuser, pas plus que la naissance ou la mort. M. Ajar reste couronné.* » Cette déclaration incite donc Gary à poursuivre son canular. Il vient de damer le pion au milieu littéraire qui voyait en lui un vieil écrivain usé. On ne découvrira la supercherie qu'à sa mort.

1. Sarah Vajda, *Jean-Edern Hallier*, Flammarion, 2003.

III

L'art de l'invective

Récemment, Bernard-Henri Lévy a regretté qu'on ne règle plus comme autrefois ses démêlés à l'épée. L'auteur du *Testament de Dieu,* front courroucé, mèche au vent, ferraillant avec ses fielleux biographes, voilà qui réveillerait un peu le milieu littéraire ! Aujourd'hui, l'invective par blogs interposés et petits billets sous pseudo via Internet a remplacé le duel au grand air. La Toile marque un renouveau dans l'art de la lettre anonyme (on imagine le succès qu'elle eut connu sous l'Occupation).

Dans le milieu littéraire, on assassine plus sûrement à coups de mots qu'à coups d'épée ou de pistolet. Au XIXe siècle, certains litiges entre gens de lettres ont cependant été réglés par duel. En 1830, Sainte-Beuve échangea un jour de pluie quatre balles avec Paul-François Dubois, l'un des propriétaires du journal *Le Globe.* L'écrivain garda son parapluie ouvert. Il voulait bien être tué mais pas mouillé. En 1832, Alexandre Dumas se battit contre un de ses nègres au sujet de la paternité de sa pièce *La tour de Nesle.* Rien de grave. Le 3 février 1897, Marcel Proust affronta dans le bois de Meudon le terrible Jean Lorrain. Celui-ci avait fielleusement critiqué *Les plaisirs et les jours* dans *Le Journal,* mais également souligné la nature intime des relations de Marcel avec Lucien Daudet. Les deux adversaires échangèrent deux balles sans se blesser. Proust garda une certaine fierté de ce fait d'armes, d'autant que son adversaire était plutôt costaud. L'homme de lettres le plus bagarreur reste Laurent Tailhade. Ce poète au nom prédestiné totalisa près de trente duels ou bagarres dans sa vie. Une fameuse affaire l'opposa au rédacteur en chef du *Gil Blas.* Tailhade avait commenté l'attentat anarchiste de décembre 1893 à la Chambre des députés par un « *Qu'importe la mort de vagues humanités si le geste est beau* ». Il fut blessé par une bombe l'année suivante alors qu'il dînait avec sa maîtresse au restaurant Foyot, ce qui suscita des commentaires ironiques de la presse. Un certain Edmond Lepelletier publia dans *L'Écho de Paris* un article à charge intitulé « La bombe intelligente ». Léon Bloy qui écrivait dans le *Gil Blas* vola au secours de Tailhade, mal en point, dans un article intitulé « L'hallali du poète ». Edmond Lepelletier, s'estimant insulté, adressa ses témoins à Bloy. Celui-ci refusa de se battre. À l'annonce de la visite des deux émissaires du journaliste, le polémiste envoya une dépêche au *Gil Blas* : « *Le duel,* écrit-il, *selon moi, est une saleté ridicule, inventée par des saltimbanques. Je le remplace volontiers par des coups de pied dans le derrière des autres...* » Léon Bloy suit une ligne de conduite définie dans *Le désespéré*[1] : « *Le duel,* écrivait-il, *est une prouesse de gentilshommes et nous sommes des goujats.* » L'affrontement eut lieu tout de même. Selon l'usage, Jules Guérin, le rédacteur en chef du *Gil Blas,* se battit à la place de son collaborateur. Il fut légèrement blessé. Quant à Léon Bloy, il fut renvoyé du journal et sombra dans la misère. Tailhade le laissa tomber comme les autres. Le 17 octobre 1898, engagé dans un combat dreyfusard, l'enragé Tailhade ferrailla furieusement contre son ancien ami Maurice Barrès. Il en ressortit gravement blessé au bras.

Un duel au XXe siècle, était-ce encore possible ? La pratique n'était pas encore totalement tombée en désuétude avant-guerre. Jean Paulhan ayant été insulté par André Breton dans une première lettre en février 1926, puis dans une seconde en octobre 1927, lui fit envoyer ses témoins. Mais Breton déclina l'invitation. Les témoins répliquèrent dans la *N.R.F.* de manière peu amène. À cette époque, même si le fils de Maurice Barrès se bat encore avec Henry de Montherlant au pistolet, le duel devient une pratique surannée. Le mouvement dada et le surréalisme, qui portent la provocation et l'invective à leur acmé, le relèguent aux oubliettes.

---

1. *Léon Bloy, Journal,* t. I, introduction générale de Pierre Glaudes, Laffont, « Bouquins », 1999.

« Sur la scène on tapait sur des clés, des boîtes, pour faire de la musique jusqu'à ce que le public protestât, devenu fou. Serner, au lieu de réciter des poèmes, déposait un bouquet de fleurs au pied d'un mannequin de couturière. Une voix, sous un immense chapeau en forme de pain de sucre, disait des poèmes de Arp. Huelsenbeck hurlait ses poèmes de plus en plus fort, pendant que Tzara frappait en suivant le même rythme et le même crescendo sur une grosse caisse. Huelsenbeck et Tzara dansaient avec des gloussements de jeunes ours, ou dans un sac avec un tuyau sur la tête se dandinaient en un exercice appelé noir cacadou[1]. » Ainsi Georges Hugnet raconte-t-il l'un des premiers spectacles-provocations dadaistes au cabaret Voltaire de Zurich où le mouvement naît en 1916. Son instigateur, Tristan Tzara, arrive en France trois ans plus tard, auréolé de gloire. Son très iconoclaste « Manifeste dada » de 1918 trouve à Paris un terreau favorable à son épanouissement. Tzara y fait table rase de tout passé artistique : *« Il y a un grand travail destructif, négatif à accomplir. Balayer, nettoyer. »* Sa poésie se targue de retrouver *« l'incandescence de vivre »*. La guerre est finie, la révolution poétique est en marche. Le mouvement, dont l'influence et l'audience dépassent les frontières européennes, rassemble en France les noms d'artistes et d'écrivains tels que Picabia, Aragon, Breton, Ribemont-Dessaignes, Éluard, Duchamp. On y trouve aussi l'étonnant écrivain boxeur Arthur Cravan. Neveu d'Oscar Wilde, éditeur de *Maintenant,* une revue dont il écrit à lui seul cinq numéros entre 1912 et 1915 qu'il vend à la criée, Cravan reste, par sa vie et son étonnante disparition, l'un des personnages littéraires les plus romanesques du XXe siècle. Son style insolent et polémique a préfiguré le dadaïsme ; il s'ingénie à insulter les célébrités de l'époque, de Marie Laurencin à Guillaume Apollinaire – qui lui envoie d'ailleurs ses témoins. Jacques Vaché est une autre figure d'exception. Ce disciple de Jarry exercera une profonde influence sur Breton. Mort à vingt-trois ans, ce « dandy des tranchées[2] » n'est l'auteur d'aucun livre mais prône « la quintessence de l'esprit poétique », ce

1. Maurice Nadeau, *Histoire du surréalisme,* Seuil, 1964.
2. Bertrand Lacarelle, *Jacques Vaché,* Grasset, 2005.

qu'il appelle « L'ESPRIT NOVVEAV ». Toute une génération d'artistes manifeste ainsi par sa virulence sa rébellion contre la Grande Guerre et la machine à décerveler qui l'a mise en œuvre.

« *Les vrais dadas sont contre dada. Tout le monde est directeur de dada.* » Le groupe multiplie les provocations. Une exposition des collages de Max Ernst dégénère en carnage : « *Avec le mauvais goût qui les caractérise, les dadas ont fait appel cette fois au ressort de l'épouvante,* commente le journaliste d'Esparbès. *La scène était dans la cave et toutes les lumières éteintes à l'intérieur du magasin. Il montait par une trappe des gémissements. Un autre farceur, caché derrière une armoire, injuriait des personnalités présentes... Les dadas, sans cravate et gantés de blanc, passaient et repassaient... André Breton croquait des allumettes, Ribemont-Dessaignes criait à chaque instant : "Il pleut sur un crâne", Aragon miaulait, Philippe Soupault jouait à cache-cache avec Tzara, tandis que Benjamin Péret et Charchoune se serraient la main à chaque instant. Sur le seuil, Jacques Rigaut comptait à voix haute les automobiles et les perles des visiteuses*[1]. »

Réunis au sein de la revue *Littérature,* les membres de dada vitupèrent l'art officiel. Ils en attaquent les chefs de file comme Maurice Barrès. Ils vont jusqu'à simuler un procès contre l'écrivain. Celui-ci se déroule le vendredi 13 mai 1921 dans la salle des Sociétés savantes, rue Danton. Le tribunal est présidé par André Breton. Ribemont-Dessaignes fait office d'accusateur, Aragon et Soupault assurent la défense, quoiqu'ils s'acharnent sur leur client. Tzara, Rigaut, Péret, Drieu la Rochelle, Rachilde font partie des témoins. Benjamin Péret représente le Soldat inconnu allemand. Barrès, absent, est remplacé par un mannequin de bois. On l'accuse de « *crime contre la sûreté de l'esprit* ». Breton, futur pape du surréalisme, s'oppose déjà brièvement à Tzara. Le « procès de Barrès » préfigure d'ailleurs les multiples procès qu'instruiront les surréalistes.

Le premier numéro de *La Révolution surréaliste,* revue codirigée par Benjamin Péret et Pierre Naville, paraît en 1923. « *Le réalisme c'est émonder les arbres, le surréalisme c'est émonder la vie.* » La préface fait l'apologie du rêve et de

1. *Histoire du surréalisme, op. cit.*

l'écriture automatique. *A priori*, on ne trouve rien dans son sommaire qui justifie la désignation de « *revue la plus scandaleuse du monde* », sinon peut-être le relevé de tous les cas de suicides rapportés par les faits-divers des journaux de l'époque. Précédés de la question : « *Le suicide est-il une solution ?* »

Un Cadavre

Le scandale le plus violent perpétré par les surréalistes s'intitule « Un Cadavre ». Comme dada le fit avec Barrès, le mouvement s'attaque à Anatole France, maître du style à la française. Celui-ci vient de s'éteindre, le 12 octobre 1924, et sa mort donne lieu à des funérailles nationales. Dans son célèbre « refus d'inhumer », Breton s'en prend d'un seul trait à Loti, Barrès, France : « *Marquons tout de même d'un beau signe blanc l'année qui coucha ces trois sinistres bonshommes : l'idiot, le traître et le policier... Avec France, c'est un peu de la servilité humaine qui s'en va. Que ce soit fête le jour où l'on enterre la ruse, le traditionalisme, le patriotisme, l'opportunisme, le scepticisme et le manque de cœur ! Songeons que les plus vils comédiens de ce temps ont eu Anatole France pour compère et ne lui pardonnons jamais d'avoir paré les couleurs de la Révolution de son inertie souriante. Pour y enfermer son cadavre qu'on vide si l'on veut une boîte des quais de ces vieux livres "qu'il aimait tant" et qu'on jette le tout à la Seine. Il ne faut plus que mort cet homme fasse de la poussière.* »

« *Avez-vous déjà giflé un mort ?* », renchérit Aragon en guise d'hommage posthume. « *Personnage comique et si vide* », ajoute Philippe Soupault. « *Ce grand-père a ignoré ou bafoué tous ceux que nous aimons parmi nos pères ou nos oncles* », souligne Drieu la Rochelle. L'acharnement contre Anatole France prend pour ces jeunes iconoclastes des allures d'exercice de style. Plus que l'homme, c'est surtout le monument littéraire qui est visé. Écrivain riche et célébré, prestigieux critique littéraire au *Temps*, membre de l'Académie française et lauréat du prix Nobel en 1921, Anatole France symbolise l'homme de lettres d'une époque. En même temps, l'attaque des surréalistes contre l'auteur de *L'île aux Pingouins* est fort injuste si l'on considère le caractère voltairien et libertaire de l'œuvre. Quant à Anatole France, il convient de souligner la noblesse de ses engagements. De son vrai nom François Anatole

Thibault, il a participé à la fondation de la Ligue des droits de l'homme et a dénoncé avec force le génocide arménien. Il a également été l'un des seuls académiciens à signer la pétition dite « des intellectuels » pour exiger la révision du procès de Dreyfus. Il a même rendu sa Légion d'honneur en signe de solidarité avec Émile Zola. L'exécration des surréalistes a quelque chose d'absurde. Leurs détracteurs moquent leur « phraséologie révolutionnaire » et l'emphase de leurs déclarations. Quoi qu'il en soit, le mouvement s'impose avec fracas. Le groupe a osé insulter un mort, il promet de nouvelles oraisons funèbres du même goût.

Les surréalistes ont le verbe haut, la révolte en bannière. Ils honnissent toutes les institutions et prônent la toute-puissance du désir. Le 18 avril 1925, Aragon invité à la résidence des étudiants à Madrid attaque sa conférence en ces termes : « *Ah ! banquiers, étudiants, ouvriers, fonctionnaires, domestiques, vous êtes les fellateurs de l'utile, les branleurs de la nécessité. Je ne travaillerai jamais, mes mains sont pures. Insensés, cachez-moi vos paumes, et ces callus intellectuels dont vous tirez votre fierté. Je maudis la science, cette sœur jumelle du travail. Connaître ! Êtes-vous jamais descendus au fond de ce puits noir ? Qu'y avez-vous trouvé, quelle galerie vers le ciel ? Aussi bien, je ne vous souhaite qu'un grand coup de grisou qui vous restitue enfin à la paresse qui est la sœur patrie de la véritable pensée...* »

Parmi les méfaits dont le groupe se rendit coupable, le banquet Saint-Pol-Roux figure en bonne place, qui leur vaudra une désapprobation générale. En dépit de son catholicisme, le poète est tenu en haute estime par les membres du mouvement. Au début du mois de juillet 1925, à la suite de la publication d'un numéro des *Nouvelles littéraires* auquel ils avaient participé, les surréalistes sont invités à un banquet offert par les amis de Saint-Pol-Roux. Les agapes offertes par le Mercure de France vont bientôt dégénérer. Rachilde[1] y aurait clamé « *qu'une Française ne peut pas épouser un Allemand* ». « *Nous sommes ceux-là qui donneront toujours la main à l'ennemi* », déclare alors Aragon. Il veut signifier à Rachilde que sa décla-

1. Épouse d'Alfred Vallette, directeur de la revue symboliste du Mercure de France, elle fit scandale en 1884 avec son sulfureux *Monsieur Vénus*. Elle s'habillait en homme et distribuait des cartes de visite ainsi intitulées : « Rachilde, Homme de lettres ».

ration offense son ami Max Ernst, invité au repas. Une vive discussion s'ensuit. Des fruits volent, l'un d'eux s'écrase sur l'habit d'un officiel. Le tumulte s'organise au cri de « *Vive l'Allemagne !* ». « *Les tables sont renversées, la vaisselle piétinée, les adversaires en viennent aux coups,* raconte Rachilde dans une interview, *pendant que les vitres volent en éclats* [1]. » Philippe Soupault, suspendu au lustre, balaie du pied les plats et les bouteilles. Attirés par le fracas, les badauds s'attroupent pour entendre les cris de « *Vive l'Allemagne !* », « *Vive la Chine* », « *Vive les Riffains !* ». Et même par la fenêtre ouverte sur le boulevard « *À bas la France !* », hurlé par un Michel Leiris très exalté qui continuera à défier la police sur le boulevard du Montparnasse. Après avoir manqué se faire lyncher par la foule, il se fera rosser au commissariat...

Dans la presse du lendemain, la condamnation est unanime. Les surréalistes sont présentés comme des « agents allemands ». Mais rien ne les arrête. Au contraire, ils continuent leurs provocations. Jusqu'au jour où le groupe émerge de son adolescence brouillonne pour s'engager en politique afin de concrétiser son idéal de « révolution totale ». Le mouvement structure ses idées, il entre dans ce que Breton appelle « la période raisonnante ». Beaucoup moins amusante...

Au théâtre, le grand soir

Après des phénomènes comme dada, le surréalisme ou le *Grand jeu* de Gilbert-Leconte et de René Daumal, les limites de l'expérience littéraire de la provocation semblent avoir été repoussées. Les écrivains ne formeront plus de mouvement jusqu'au nouveau roman qui représente surtout une révolution formelle. L'écrivain est désormais un être isolé. La provocation devient l'apanage du théâtre... S'il est un nom que l'on associe à l'idée de scandale, c'est bien celui de Jean Genet. Inspirée du double meurtre perpétré par les sœurs Papin, sa pièce *Les bonnes*, la première à être représentée, dénonce l'aliénation de classe et la haine de soi qui en découle. Créé en 1947, le drame émeut et choque d'emblée le public et la critique. Toutefois, cette saisissante tragédie devient rapidement un classique du répertoire. En 1966, la représentation

1. *Histoire du surréalisme, op. cit.*

des *Paravents* donne lieu à de véritables échauffourées. Avant même sa création à l'Odéon, la pièce, achevée en 1961 et créée en Allemagne, a acquis une réputation sulfureuse. André Malraux, le ministre de la Culture de l'époque, a cependant autorisé Jean-Louis Barrault, le directeur de l'Odéon, à la monter. Madeleine Renaud et Maria Casarès sont à l'affiche de ce spectacle mis en scène par Roger Blin. La pièce est d'une conception démesurée, ses décors sont stylisés sur des paravents que les comédiens ornent de graffitis au fur et à mesure de l'évolution de l'intrigue qui campe sans la nommer l'Algérie occupée. Au début, Saïd, l'antihéros, épouse Leyla, la laide. Ce miséreux s'étant fait voler ses économies ne peut plus prétendre qu'à convoler avec une femme disgraciée et à voler lui-même. Le texte qui oppose la pauvreté des Arabes à l'opulence satisfaite des colons est jugé « antifrançaise ». Peu après le début des représentations, un groupe de nostalgiques de l'Algérie française, avec à sa tête le jeune député de Paris Jean-Marie Le Pen, manifeste chaque soir devant le théâtre, considérant la patrie avilie. « *En plus, dans un théâtre subventionné !* » À l'intérieur de la salle, un commando de parachutistes disséminés dans l'assemblée lance des fumigènes pour clore le spectacle. Genet est accusé de vomir la société occidentale, ce qui le ravit. André Malraux vole alors à son secours : « *Quiconque a lu cette pièce sait très bien qu'elle n'est pas antifrançaise. Elle est antihumaine. Elle est antitout*[1]. »

L'œuvre de Genet annonce les bouleversements à venir. En mai 1968, le théâtre dans son ensemble fait sa révolution. Barrault est chassé de la direction de l'Odéon. Un festival « off » naît à Avignon, « le Manifeste de Villeurbanne », issu d'États généraux de la culture réunis autour de Roger Planchon et de Francis Jeanson, place au centre de la réflexion les « exclus de la culture ». Désormais la scène d'avant-garde veut éveiller les consciences et dénoncer les travers de la société de consommation et de l'État. À l'automne 1968, *La passion du général Franco* au Théâtre de Chaillot, mise en scène par Armand Gatti, est retirée de l'affiche sur ordre du gouvernement. Cette interdiction, la première depuis longtemps, entraîne des manifestations de soutien au dramaturge, mais elle fait craindre à certains professionnels

1. Arnaud Malgorn, *Jean Genet. Portrait d'un marginal exemplaire*, Gallimard, 2002.

la perte de leurs subventions. Gatti le comprend, qui part pour Berlin où il s'oriente vers un théâtre d'agit-prop. Le paradoxe du théâtre engagé, c'est qu'il a besoin des subsides de l'État pour vivre. Maurice Druon, ministre des Affaires culturelles sous Georges Pompidou, déclare à propos des compagnies qu'« *elles devront choisir entre la sébile et le cocktail Molotov* ». Il provoque un tollé chez les intéressés. Le 13 mai 1973, les troupes subventionnées organisent un cortège funéraire dans Paris qui mime « l'enterrement de la culture ».

Depuis les tumultueuses années 1970, les provocations orchestrées au Festival d'Avignon ne scandalisent souvent plus que par leur indigence. Et quoi qu'ils fassent, qu'ils se roulent nus sur scène, qu'ils urinent comme chez Jan Fabre[1], les provocateurs sont religieusement applaudis par des foules de professeurs et d'étudiants.

Scandales sur canapés

Le milieu littéraire fait-il encore des vagues aujourd'hui ? Des vaguelettes. Les émissions littéraires ayant remplacé les anciens salons, c'est là que de rares incidents ont lieu ; la télévision est un média glaçant, où tout semble orchestré y compris les polémiques ou les incidents. Les rares esclandres deviennent faits d'armes. Le 22 septembre 1978, invité de la célèbre émission de Bernard Pivot, « Apostrophes », le romancier américain et fameux soulographe Charles Bukowski y apparaît fortement imbibé. « *Les critiques français vous comparent à Henry Miller, ça vous fait plaisir ?* » demande Pivot. « *Oubliez toutes ces âneries, ça c'est pas sérieux, passez à la question suivante ou à d'autres invités* », répond Bukowski, gêné. À la question de savoir s'il est un solitaire, un marginal dans la littérature (le thème de l'émission), il répond : « *J'ai été un clodo toute ma vie et puis là on me paie pour écrire. Ça, c'est vraiment très marginal. Quand même ! dormir dans un jardin public une nuit et le lendemain pratiquement être payé pour le raconter, ça c'est très marginal. Maintenant je suis passé à l'intérieur de la machine et ça me préoccupe beaucoup, ça m'inquiète beaucoup. Qu'est-ce qui va arriver à mon âme maintenant, si on me donne trop d'argent,*

1. Sa pièce *L'histoire des larmes*, montée dans la cour d'honneur du palais des Papes en 2005, suscita une violente polémique.

qu'est-ce que je vais devenir ? C'est grave. » Plus tard, Bukowski se définit comme un puritain, tout le contraire de l'image de « vieux dégueulasse » dont on l'affuble. Durant l'émission, il vide au goulot le contenu de trois bouteilles de sancerre. Ivre mort, il caresse furtivement le genou de la romancière Catherine Paysan (laquelle se lève en s'écriant « *C'est le pompon !* »). Les grommellements de l'ivrogne perturbent les autres intervenants. Cavanna s'énerve : « *Bukowski, je vais te foutre mon poing dans la gueule.* » Finalement, l'Américain chancelant demande grâce et quitte le plateau.

Le cas Nabe

Quelques années plus tard, en 1985, le passage de Marc-Édouard Nabe pour son premier livre *Au régal des vermines* suscite un tollé. « *Une émission tragi-comique,* écrit Nabe en 2006[1]. *Comique pour les autres et tragique pour moi.* » Tout feu, tout flamme, inconscient de l'impact des mots à l'écran, le jeune écrivain se grille littéralement. Il se lance dans une vibrante diatribe contre les « *petits romans actuels* ». Il veut défendre la littérature qui est « *haine totale de l'humanité* », « *Tout individu qui n'est pas moi est un adversaire* ». Nabe veut entrer en littérature par fracas. Il ne voit pas que ses ennemis le guettent au tournant. Morgan Sportes lui lit alors une phrase ambiguë de son livre à propos des Juifs. « *Je vomis la terre entière,* s'écrie Nabe. *Il n'y a pas de raison que les Juifs soient exclus de ma gerbe d'or.* » (Il avoue cependant aimer les Noirs et les femmes.) Plus tard, il cite certains livres d'écrivains fascistes. Il a raison d'admirer *Les deux étendards* de Rebatet, un chef-d'œuvre peu lu. Mais pourquoi en rajouter et parler de *Bagatelle pour un massacre,* l'ignoble pamphlet de Céline ? « *Écrire, c'est tuer* », dit fort justement Nabe, mais parler, c'est parfois se suicider. Nabe n'est pas antisémite – les vrais évitent de le crier sur les toits et *a fortiori* à la télévision – c'est simplement un polémiste-né, peut-être le meilleur styliste de sa génération. Il se grise de son verbe et vilipende la posture gauchiste de confrères écrivains qu'il juge médiocres et conformistes. Il méprise les anti-lepénistes professionnels qui se targuent de tolérance : « *Vous, saintes-nitouches démocratiques*

1. Marc-Édouard Nabe, *Le vingt-septième livre,* Le Dilettante, 2006.

qui pleurnichez sur commande sur le sort des immigrés dont vous n'avez rien à foutre », écrira-t-il. Nabe porte un nœud papillon hors mode et cite des écrivains oubliés. Du pur dandysme. Mais cet exalté presque bouffon va payer cher son scandale. Il s'est boycotté, exclu. Insolent, provocateur, pamphlétaire, celui qui se voulait le nouveau Céline reconnaît aujourd'hui qu'il a commencé par son « chant du cygne ». Il est rejeté du milieu littéraire comme jadis son maître Léon Bloy.

LE SCANDALE MÉDIATIQUE

Jean-Edern Hallier en rêve. Dans les années 1990, durant trois saisons, l'écrivain réussit à obtenir son émission sur Paris Première, le « Jean-Edern's Club ». Il y donne le meilleur de lui-même. Goguenard et cultivé, d'une grande indépendance critique, il se permet un geste sacrilège, celui de jeter par-dessus son épaule, comme les Russes le font avec leur verre de vodka, des livres jusque-là encensés par ses confrères. Il va également noyer un livre de Mitterrand dans « *l'eau de son régime, l'eau de Vichy* », terrible geste qu'il dédie aux « *hépatiques de la mémoire* ». Paris Première servira également de cadre à l'émission pleine d'insolence « Des livres et moi », de Frédéric Beigbeder. Durant la saison 2001-2002, celui-ci propose une émission où tous les invités apparaissent nus comme des vers. Les invités sont immobiles, figés, sans doute intimidés. L'effet est surréaliste, insolite plus qu'impudique.

IV

Un écrivain peut en cacher un autre

Démiurge, le romancier crée ses propres règles. L'adoption d'un nom de plume est souvent le premier acte qu'il pose en ce sens. Il convient de distinguer le nom de plume du pseudonyme, le premier sert à se faire reconnaître, le second à se dissimuler. Plusieurs raisons à cela, selon les époques et les pays. L'auteur peut avoir recours à un pseudonyme pour des raisons politiques – la censure – ou parce qu'il occupe une position sociale qu'il juge incompatible avec ses publications. Que ce soit par simple jeu ou par mesure de protection, les écrivains – comme les journalistes – ont toujours utilisé diverses signatures[1]. François Marie Arouet, dit Voltaire, en eut plus de deux cents.

Le pseudonyme participe à l'invention d'un double littéraire lorsque l'écrivain déjà connu construit une œuvre parallèle à son œuvre officielle sous un nom qu'il associe à une identité, une nouvelle nationalité, un âge, etc. L'entreprise n'est pas sans risque. Tel le docteur Frankenstein, l'écrivain risque de voir sa créature lui échapper.

1. Quelques écrivains choisissent de s'effacer derrière leur œuvre. C'est le cas de John David Salinger. Depuis les années 1970, l'auteur de *L'attrape-cœurs* vit dans une sorte de clandestinité, soumettant son entourage à une véritable loi du silence. On ne sait pas grand-chose sur l'énigmatique B. Traven. L'auteur du *Trésor de la Sierra Madre* passa sa vie à brouiller les pistes. Thomas Pynchon est connu pour son refus de toute apparition publique. Dans une société de harcèlement médiatique, le refus de se montrer (cf. Maurice Blanchot, Henri Michaux) manifeste la liberté de l'écrivain.

Encore Vian

Le canular Vernon Sullivan commence par une boutade sur un coin de trottoir. Boris Vian, qui a déjà écrit *L'écume des jours* et un certain nombre de nouvelles non encore publiées, est essentiellement connu comme jazzman. En 1947, un copain contrebassiste, Georges d'Halluin, lui présente son frère Jean, lequel dirige une petite maison d'édition, le Scorpion. Jean d'Halluin, comme tout éditeur qui se respecte, rêve de redresser les finances chaotiques de sa maison en publiant un roman à grand tirage. « *Je vais te le faire, moi, ton best-seller !* », lui lance alors Boris Vian. Grand lecteur de romans noirs qui font alors fureur, il se fait fort d'en imiter le style et d'en trousser un en quelques jours. Il part justement en vacances à Saint-Jean-de-Monts avec sa femme Michelle et Georges d'Halluin. Boris « tient » un sujet explosif qui touche à la ségrégation aux États-Unis. Admirateur de Duke Ellington et de Miles Davis, il est particulièrement sensible à la question noire. La politique raciste qui sévit toujours dans le Sud sous l'impulsion du sénateur Bilbo, les nombreux lynchages qui en ont découlé ont attiré l'attention du monde entier. Un article publié dans un magazine américain, *Collier's*, daté du 3 août, fournit à Vian la trame de son thriller. L'auteur y explique qu'environ deux millions de Noirs américains ont franchi *the color line* (en quelque sorte la ligne blanche), ce qui leur permet d'obtenir le statut de Blanc par décret administratif. Au fil des générations, cinq à huit millions de « sang-mêlé » sont ainsi devenus blancs de peau.

La trame du roman sera celle d'une vengeance raciale aux États-Unis : après la mort de son frère, lynché pour avoir fréquenté une Blanche, un « Nègre blanc » avide de vengeance séduit deux jeunes filles de la bonne société américaine dans le dessein secret de les tuer. Boris écrit le livre en quinze jours. Lui reste à choisir un bon titre. Ceux de la Série Noire sont particulièrement frappants. En 1946, le plus fameux reste *Pas d'orchidées pour miss Blandish*, un autre roman moins connu de Chase s'appelle *Faites danser le cadavre*. Dans la même veine, Boris opte pour *J'irai danser sur vos tombes*. Michelle lui suggère de le corser encore et de remplacer « danser » par « cracher ». Boris accepte dans un éclat de rire. Le tour est joué[1].

1. Claire Julliard, *Boris Vian*, Folio-biographie, 2007.

Le choix de pseudonymes est une des marottes de Boris qui les collectionne. On suppose que le prénom de Vernon s'inspire de celui de son ami musicien Paul Vernon, de l'orchestre Abadie. Quant à Sullivan, il a plusieurs origines possibles. Vian a pu s'inspirer du patronyme de l'auteur de *Felix the Cat*, Pat Sullivan. Mais surtout de celui d'un grand pianiste de jazz, Joe Sullivan. Enfin, il est à noter que Sullivan contient les lettres de Vian. Et que le patronyme complet de Vernon Sullivan contient en filigrane « ver-su » (soit *versus*, « contre »). La supercherie imaginée par Vian avec la complicité des frères d'Halluin est en effet une forme de vengeance contre le milieu littéraire (voir plus haut). Pour parachever sa plaisanterie, Boris, qui se présente comme le traducteur de Sullivan, écrit un prière d'insérer dans lequel il compare Sullivan aux plus grands : Caldwell, Faulkner et Cain. Cette « *peinture âpre, empreinte d'un érotisme cruel et total, qui fera sans doute autant de scandale que les pages les plus osées de Miller* » est « *un roman comme on n'en a jamais écrit* ». Cette présentation de Vian par lui-même restera dans les annales de l'autopromotion.

J'irai cracher sur vos tombes sort le 21 novembre 1947 sous une jaquette blanche, façon Gallimard. Quelques jours plus tard, *Franc-Tireur*, journal issu de la Résistance, publie les bonnes feuilles que lui a vendues Jean d'Halluin. La presse s'intéresse aussitôt au livre, la rumeur enfle, le livre remporte le succès de scandale escompté, la mystification fonctionne à merveille. Chaque semaine apporte son nouveau lot de supputations. Chaque publication examine à la loupe les écrits du sieur Vian, dont certains disent qu'il serait le véritable auteur. Malgré la plainte d'un Cartel d'action sociale et morale contre le livre dont le président, Daniel Parker, demande la saisie pour pornographie, l'ouvrage est un triomphe. Tandis qu'un inspecteur de la Sûreté rend visite aux Éditions du Scorpion, quelques intellectuels s'inquiètent du climat de puritanisme. Cependant, ils n'iront pas jusqu'à constituer un comité de défense comme ils l'avaient fait pour Henry Miller[1]. Le procès qui s'annonce autour de *J'irai cracher sur vos tombes* échauffe les esprits.

Un fait-divers donne alors un tour glaçant à cette réjouissante mystification.

1. Voir le chapitre VIII, « La littérature sous le manteau ».

Le 28 mars, Edmond Rougé, représentant de commerce, étrangle par jalousie sa compagne Marie-Anne dans un hôtel de la rue du Départ, à Paris. Sur un meuble, on retrouve un exemplaire du roman de Sullivan ouvert sur la description du crime sadique. Émoi général dans la presse. On met en cause la responsabilité de telles lectures sur un esprit malade. Boris s'inquiète de ses accusations, sans toutefois le laisser paraître. Il continue de nier la paternité du texte. Le 20 mars, l'assassin se pend en forêt de Saint-Germain. *France-Soir* titre en gros caractères : « *Edmond Rougé n'ira pas "cracher sur la tombe" de Marie-Anne Masson.* » Le scandale décuple les ventes du livre. Daniel Parker obtient le soutien d'associations d'anciens combattants. Le 4 mai, *France-Soir* ose proclamer : « *Boris Vian assassin (par procuration) se condamne à mort.* » On nage en plein délire. Vian, qui nie toujours avoir écrit le livre, déclare par voie de presse : « *Un auteur est le type même de l'irresponsable* [...]. *Certains qui s'imaginent qu'un livre, qu'un poème peuvent quelque chose sont des poseurs.* » Le 4 juillet, il se présente au commissaire de la 1re section des Renseignements généraux, muni de faux témoignages de ses proches. L'affaire Sullivan est suspendue pour un moment. La supercherie aura de lourdes conséquences dans la vie de Vian. Sullivan, son double, son « alter negro » comme on l'a appelé, lui permettra certes de vivre de sa plume – il écrit trois autres Sullivan – mais provoquera son rejet du milieu littéraire. En 1950, Daniel Parker obtient gain de cause. Le tribunal ordonne la saisie et la destruction de tous les exemplaires du livre. Vian est condamné à 100 000 francs d'amende pour outrage aux mœurs. Mais le véritable drame n'est pas là. Son œuvre, la vraie, sera boudée, les « gendelettres » lui tournent le dos. Au fil des années, il finira par faire un véritable complexe de ce titre. Il acceptera cependant d'en tirer une mise en scène théâtrale ratée puis il tentera de maîtriser le projet d'un film. Celui-ci finira par se faire sans son accord. À l'âge de trente-neuf ans, il est terrassé par une crise cardiaque, pendant la projection de *J'irai cracher sur vos tombes.*

Toujours Gary

Évoquée plus haut, la supercherie mise en place par Romain Gary reste la plus fameuse et la plus réussie. Sans doute parce que son patronyme était le seul souvenir que lui avait laissé son père, dès son plus jeune âge, Roman Kacew, né à Moscou en 1914, se distingua par sa recherche passionnée de pseudonymes. En 1958, Romain Gary publie *L'homme à la colombe* sous le nom de plume de Fosco Sinibaldi. À l'époque, il est diplomate et craint par cette satire de l'ONU de s'attirer les foudres du Quai d'Orsay. Gary devient un auteur renommé et prolixe. Le Goncourt lui est attribué en 1956 pour *Les racines du ciel*. Mais c'est dans les années 1970 que l'écrivain, se sentant écarté de la scène littéraire et peu lu, commence à ressentir un réel besoin de changer d'identité. C'est pourquoi, en créant Émile Ajar (qui, en russe, signifie « braise », tandis que Gary veut dire « brûle »), l'auteur s'entoure de précautions. Un ami industriel installé au Brésil lui servira d'intermédiaire pour adresser un manuscrit à Gallimard. En 1973, paraît, signé Ajar, *Gros-Câlin*, du nom du gigantesque python qu'un employé adopte pour meubler sa solitude.

Émile Ajar, romancier au style novateur, est présenté comme un Français d'Oran exilé en Amérique du Sud. Ce médecin « poursuivi par la justice à la suite d'un avortement » souhaite garder l'anonymat. Le manuscrit est examiné par le comité de lecture. Raymond Queneau se montre le plus méfiant, et pour cause. Il aime les mystifications, il a du flair. (Il fut le premier à comprendre que son ami Vian était Sullivan.) En dépit de ces quelques doutes, la maison qui a publié toute l'œuvre de Gary ne reconnaît pas son poulain. Claude Gallimard, toutefois, se méfie de la personnalité jugée difficile de l'auteur. Il confie le manuscrit à sa femme Simone, qui dirige le Mercure de France. Celle-ci le confie à son tour à son directeur littéraire, Michel Cournot. Pas plus que les autres, ce fin critique ne fait le rapprochement entre l'auteur de *Gros-Câlin* et celui de *La promesse de l'aube*. Il est vrai qu'il n'a pas lu Gary. En dépit de ses réticences – il n'aime ni le titre ni la fin qu'il fait supprimer –, Cournot publie *Gros-Câlin*, assorti d'un dessin de Folon en couverture. À sa sortie, les critiques les plus farouchement anti-Gary saluent le manuscrit. La farce a commencé. La personnalité de l'auteur intrigue. Des noms circulent dans les salles de rédaction : Louis Aragon, Raymond Queneau, ou pourquoi pas ? un collectif. Les critiques, pas plus que les éditeurs, ne comparent le style cocasse et parlé de *Gros-Câlin* de celui de *Tulipe* ou de *Gengis Cohn*, pourtant assez proche. Christine Arnothy évoque cependant dans *Le Parisien* « *cet Oranais* [...] *à l'humour tchèque et à l'angoisse russe* ».

Ravi de cette renaissance littéraire, Gary s'engage plus loin encore dans la mystification en faisant apparaître Émile Ajar[1]. « *Le rêve du roman total, personnage et auteur, dont Roman Gary a longuement parlé dans son essai "Pour Sganarelle" va prendre corps*[2]. » La comédie se passera en famille, Gary a désigné son petit-cousin Paul Pavlowitch dont il a payé les études et qui vit dans deux chambres de bonne de son immeuble du 108 rue du Bac. Celui que Romain présente comme son neveu accepte de se prêter au jeu. La mascarade peut commencer. Car Ajar s'apprête à publier son chef-d'œuvre, *La vie devant soi*, que le Mercure de France reçoit avec enthousiasme. Michel Cournot veut toutefois s'entretenir avec l'auteur. Ajar donne rendez-vous à Cournot à l'hôtel des Bergues, à Genève. L'éditeur se rend au rendez-vous accompagné de Simone Gallimard. Mais Ajar lui pose un lapin. La tension monte ! Quinze jours plus tard, Ajar propose un nouveau rendez-vous dans un immeuble des environs de Genève, en réalité la résidence suisse de Gary. Cette nuit-là, le petit-cousin de Gary joue son rôle à merveille, il connaît le texte sur le bout du doigt et donne le change à l'éditeur jusqu'à l'aube. En raccompagnant son hôte, grisé par l'alcool et la réussite de sa prestation, il ne peut toutefois s'empêcher de lancer : « *Cournot, que pensez-vous de Romain Gary ?* » Heureusement, l'éditeur n'en tire aucune conclusion[3].

Enhardi par ce coup, Gary pousse la plaisanterie plus loin. Pour organiser une rencontre avec Simone Gallimard, il envoie Paul et sa femme Annie à Copenhague y dénicher « la maison d'Ajar », l'écrivain nomade. L'éditrice passera deux jours avec eux. Très brillant, Pavlowitch y jouera de nouveau son rôle face à Yvonne Baby, une journaliste du *Monde* venue l'interviewer. Là encore, il en fait trop en dépeignant son passé d'émigré russo-polonais ayant grandi à Nice – comme Gary.

---

1. À cette époque, sa passion du pseudonyme le conduit également à publier *Les têtes de Stéphanie* sous le nom de Shatan Bogat.
2. Dominique Bona, *Romain Gary*, Mercure de France, 1987.
3. *Ibid.*

On parle de plus en plus de *La vie devant soi* pour le Goncourt. Plus personne ne doute de la réalité d'Ajar-Pavlowitch. Sauf Robert Sabatier, juré du prix, qui reste persuadé que le nom d'Ajar cache un écrivain connu. Lors d'un déjeuner avec Gary chez Lipp, il lui pose carrément la question : « *Et si c'était toi, Ajar ?* » Romain Gary simule alors une colère qui réussit à convaincre Sabatier[1].

Le Goncourt 1975 couronne donc Gary une seconde fois. Cependant, l'étau se resserre autour de Paul Pavlowitch. Les journalistes enquêtent. On identifie bientôt Paul comme le parent de Romain. Jacqueline Piatier, critique au *Monde* qui connaît bien l'œuvre de Gary, vient l'interroger. Elle est persuadée qu'il est Ajar. Gary ne se démonte pas. Il invoque son influence littéraire sur l'œuvre de son neveu. Son démenti sera publié dans *Le Monde*. Ironie du sort, désormais tout le monde pense que l'œuvre du neveu est plus en phase avec son époque, plus novatrice que celle de l'oncle. On soupçonne même Romain Gary de s'inspirer de la prose du génial Ajar lorsqu'il publie *Clair de femme*. Les livres signés Ajar connaissent un succès considérable. *La vie devant soi* se vend à un million deux cent mille exemplaires. Paul Pavlowitch négocie ses droits d'adaptation au cinéma (pour le film de Moshe Mizrahi) ainsi que ceux de *Gros-Câlin* pour celui de Jean-Pierre Rawson.

Poussant le canular à d'extrêmes limites, Gary écrit alors *Pseudo*, dans lequel Ajar se présente comme un habitué des hôpitaux psychiatriques, où il écrit ses livres. Il vit sous l'écrasante tutelle de « *Tonton macoute* », caricature de Gary, « *un écrivain notoire, et qui avait toujours su tirer de la souffrance et de l'horreur un joli capital littéraire* ». Ainsi Gary réussit-il à imposer la figure du vrai artiste, malade et torturé, Ajar, contre celle de l'écrivain officiel, Gary, suffisant et cynique. Au cours d'une crise de paranoïa, le narrateur accuse même son Tonton de vouloir lui voler son Goncourt, les honneurs et le fric. Étrange cadeau empoisonné tout de même que Gary fait à Paul. Il en fait l'exutoire de ses propres angoisses existentielles et le décrit comme drogué et pharmacodépendant. Paul, chargé de taper le manuscrit de son oncle, est bientôt si imprégné par la légende de son person-

1. *Romain Gary, op. cit.*

nage qu'il ne tarde pas à boire et à prendre des calmants. La farce tourne à la folie furieuse. Quelques doutes planent pourtant. Jean-Michel Royer, écrivain et journaliste, organise sur France Inter une émission sur le thème du canular dans laquelle il effectue de nombreux rapprochements entre les romans d'Ajar et ceux de Gary. Ce dernier lui répond aussitôt une lettre outrée dans les colonnes du *Point*. Il continuera de déjouer tout soupçon et publiera encore sous le pseudonyme d'Ajar *L'angoisse du roi Salomon*, à l'automne 1979. Le 2 décembre 1980, Romain Gary se suicide d'une balle de revolver dans la bouche. Le 2 juillet 1981, Paul Pavlowitch brise le secret à l'émission « Apostrophes » et publie *L'homme que l'on croyait*. Quelques jours plus tard, sort chez Gallimard un texte posthume de Romain Gary, *Vie et mort d'Émile Ajar, écrit* le 21 mars 1979. Il avait adressé le manuscrit par la poste le jour de sa mort à Robert Gallimard. « *Je me suis bien amusé. Au revoir et merci* », conclut-il dans cet ultime pied de nez.

Vivre me tue

En 1997, un roman intitulé *Vivre me tue* défraye la chronique. Il est signé Paul Smaïl. Un jeune beur, titulaire d'un DEA de littérature comparée, y raconte dans une langue percutante, vive et inventive, sa condition de livreur de pizzas tentant de s'en sortir. Bâti sur le thème de l'intégration impossible, son roman sent le vécu, cette façon de dépeindre ses galères, ça ne s'invente pas.

L'écrivain joue les mystérieux. Il affirme vivre au Maroc et ne veut pas se montrer. Il refuse toute interview, finit par accepter de livrer une exclusivité au *Nouvel Observateur* par fax. On s'interroge sur ce talentueux styliste.

L'identité réelle de l'auteur n'est pas encore dévoilée l'année suivante lorsqu'il publie *Casa, la casa* (Balland), ni en 1999, l'année de *La passion selon moi* (Robert Laffont). Pourtant, le nom de Jack-Alain Léger circule depuis le début parmi certains journalistes littéraires. Encore un fameux amateur de pseudos. De son vrai nom Daniel Théron, celui-ci a commencé dans les années 1960 une carrière parallèle d'auteur-compositeur-interprète rock sous le pseudo de Melmoth puis de Dashiell Hedayat. Dans les années 1970, il renaît – déjà – de ses cendres pour entrer en littérature sous le nom de Jacques-Alain Léger. Son livre *Monsignore*, paru chez Laffont, est traduit dans vingt-trois langues. Ce succès extraordinaire est sans doute à l'origine du malentendu qui règne à son sujet. Car on le range désormais dans la catégorie « écrivain grand public ». Le best-seller subit, c'est le mot, une adaptation cinématographique du genre oubliable. L'auteur qui, entre-temps, a dilapidé ses droits d'auteur en fastueuses fêtes pour ses amis, publie ensuite une vingtaine de livres plus confidentiels. Le fossé se creuse avec la critique. Désargenté, se sentant mal-aimé du milieu littéraire (Vian, Gary, Léger, mêmes causes, mêmes effets), il décide alors de disparaître. Dans une période de creux et de désespoir, Léger se métamorphose en un double souriant, ce jeune Smaïl (prononcer « smile ») qui demeure une figure de proue chez les beurs.

Pour publier *Vivre me tue*, il fait appel, comme Gary, à un intermédiaire. Son ami André Rollin, écrivain et critique littéraire au *Canard enchaîné*, apporte d'abord le manuscrit à Bernard Barrault, éditeur chez Julliard. Celui-ci applaudit le texte mais il se refuse à publier un livre dont il ne peut rencontrer l'auteur. Le manuscrit atterrit chez Balland. Cette fois, le directeur littéraire est dans la confidence. Mais l'attachée de presse se rend coupable de quelques fuites. Cependant, Smaïl court toujours. Et le public est derrière lui. En 2001, l'auteur publie encore sous ce nom *Ali le magnifique*, un grand roman dont l'antihéros s'inspire de Sid Ahmed Rezala, serial killer suicidé dans sa prison à Lisbonne. L'ouvrage devait à l'origine être publié chez Calmann-Lévy mais l'éditeur craint d'être inquiété. Une fois de plus, André Rollin intervient pour trouver une nouvelle maison. Cette fois, c'est sa fille Sophie qui, pour écarter les doutes, porte le livre chez Denoël. Olivier Rubinstein, le directeur, se montre enthousiaste : « *Vous n'avez jamais lu ça* », affirme-t-il sur la quatrième de couverture. Le livre sort, auréolé d'un parfum de scandale. C'est un nouveau succès. Mais cette fois, le mystère est éventé. Tout le monde sait que Paul Smaïl est Jack-Alain Léger.

Ce qu'il voulait ? Qu'on le juge sur son œuvre et non sur son nom. Or, dès qu'il le reprend, ses ennuis refont surface. L'affaire Smaïl a confirmé son talent mais elle l'a enfoncé dans son personnage d'écrivain maudit. En 2003, l'adaptation au cinéma de *Vivre me tue* par Jean-Pierre Sinapi relance le livre. Il est aujourd'hui considéré comme un classique. Et Jack-Alain Léger se voit de nouveau refuser un manuscrit par toutes les grandes maisons. Du moins en France, car le livre sera publié dans six pays d'Europe en 2010. Nul n'est prophète en son pays ?

V

Des contemporains fictifs

Le canular littéraire est une expression ludique de l'écrivain. Par des supercheries, des impostures, des jeux de cache-cache avec le public, le créateur affirme le caractère irréductible de sa liberté. Puisqu'il invente des personnages, il est également tenté d'inventer des auteurs. C'est ainsi que Mérimée signa son théâtre Clara Gazul, Bilitis émergea de l'imagination d'un Pierre Louÿs poète et linguiste distingué. Celui-ci se fit fort de traduire l'œuvre de cette « *poétesse grecque du VIe siècle* », tout en feignant d'écarter ses textes à caractère trop licencieux (alors que les gens les lisaient justement pour ça). *Les chansons de Bilitis* furent sans doute composées pour piéger les hellénistes qui avaient critiqué les précédentes traductions de Pierre Louÿs.

Les « *auteurs supposés* », comme le note Jean-François Jeandillou[1], incarnent les passions d'une époque. D'où le succès retentissant d'Ossian, le « barde écossais du IIIe siècle », dont les poèmes retrouvés furent « traduits » entre 1760 et 1763 par James Macpherson. Napoléon lui-même en fit une de ses lectures favorites. Cet engouement rencontre le regain d'intérêt de l'époque pour la mythologie celtique. Goethe lui-même cite Ossian dans *Les souffrances du jeune Werther*. Dans le même esprit, les œuvres prétendument attribuées au *Troubadour de l'Espérou*, poète du XIIe siècle, dont les écrits furent également « retrouvés et traduits » de l'occitan par Antoine Fabre d'Olivet en 1803, correspondent, elles, à la vogue des études médiévales. En 1883, la parution des *Déliquescences, poèmes décadents d'Adoré Floupette avec sa vie par Marius*

1. Jean-François Jeandillou, *Supercheries littéraires*, Usher, 1989.

Tapora (une fantaisie parodique due au talent de Gabriel Vicaire et d'Henri Beauclair) provoqua une violente polémique dans le milieu littéraire. Ces vers maniérés : «*Toutes les femmes sont saintes ! / Oh ! Les rendre enceintes !* » pastichent « *les grotesques mallarmistes et les insupportables verlainiens* » qui « *ravageaient* » alors la rive gauche, comme le souligna Émile Goudeau dans *L'Écho de Paris*, du 19 mai 1885[1]. Si réjouissante qu'elle soit, la création d'auteurs fictifs n'est pas sans risque. Elle peut en effet engager son instigateur sur la voie stérile d'une obsession mystificatrice ou, à l'inverse, démystificatrice. Pierre Louÿs passa sa vie à tenter de démontrer que l'œuvre de Molière était en réalité écrite par Corneille (hypothèse reprise par Henri Poulaille puis par d'autres). Bref, « *la supposition d'auteur* » n'est jamais innocente.

Les facéties du jeune Guitry

Un matin, Sacha Guitry, tout juste âgé de vingt-cinq ans – nous sommes en 1909 –, s'installe à sa table de travail pour rendre hommage à son grand ami disparu. « *Paul Roulier-Davenel, qu'une mort affreuse arracha à ses amis et connaissances, il y a quelques mois*, écrit-il, *fut un grand écrivain et un auteur dramatique qu'on s'obstine à ignorer, mais qu'on peut placer, sans hésitation, entre Victorien Sardou et Roger Ferréol.* »

Plus loin, il s'emporte : « *LORSQU'ON VOUS PARLE DE PAUL ROULIER-DAVENEL, IL VOUS EST SOUVENT RÉPONDU QUE P. R. DAVENEL N'A JAMAIS EXISTÉ...* » ; Sacha parle alors de la « *conspiration du silence* » dont son ami a souffert toute sa vie et qu'il explique par la jalousie féroce qu'excita la réussite littéraire et surtout amoureuse de celui dont Guitry publie la correspondance en feuilleton dans le journal *Comoedia*. Le succès de cette farce fut tel qu'il réunit en un volume cette correspondance, lui adjoignant un portrait à la plume dudit Paul Roulier-Davenel ainsi qu'une lettre autographe. Comme tout biographe amoureux de son sujet, il nous communique les moindres écrits de l'écrivain, à commencer par ses premières lettres à ses parents d'un intérêt relatif (« *Ma peti maman, Je t'embrase deu tou mon cœur* », écrit le très jeune Paul). Lorsque ses supposés géniteurs meurent dans un horrible accident qui le rend orphelin à l'âge de six

1. Cité par Jean-François Jeandillou, *op. cit.*

ans, le petit Paul ne manque pas de rappeler à son cher oncle : « *Tu m'as dit que tu allais remplacer mon papa et ma maman... alors il faut que je te prévienne que papa me donnait deux francs par semaine et que maman venait tous les dimanches m'apporter des gâteaux avec de la crème. Alors à dimanche, mon cher oncle.* » Plus tard, Paul Roulier-Davenel s'engage dans une fructueuse carrière d'écrivain et de dramaturge. Sacha ne lui attribue pas moins de huit romans et trente-huit comédies qui fleurent bon l'humour 1900 – dont il indique les dates et lieux de création. Parmi elles, *Le vieux cochon* (Odéon, 1885), *Le caleçon de mon oncle* (Comédie-Française, 1885), *La fameuse redingote du général Maylemoit* (Palais-Royal 1895), *L'enfant de l'eunuque* (Gymnase, 1898) et *C'est une vieille tante* (Palais-Royal, 1900). Quant à la correspondance dudit homme de lettres, elle passe classiquement en revue ses lectures et des spectacles. L'auteur rend au passage un hommage appuyé à Lucien Guitry, le père de Sacha, le grand comédien de l'époque. Paul Roulier-Davenel mêle considérations enthousiastes et épanchements neurasthéniques : « *Le théâtre est envahi par les grues et par les mufles.* » Il ne tarit pas contre les critiques, quoiqu'il loue le compte rendu partial à la Anatole France. Celui-ci consiste à se rendre à une générale « *avec la volonté bien arrêtée de trouver la pièce abominable ou merveilleuse ; c'est dans ces deux cas seulement qu'une belle page a la chance d'être écrite* ». Enfin, cet homme à femmes donne aussi dans la confidence virile :

« *Mon cher vieux,*

J'ai couché hier avec une petite femme très gentille et qui, dans ses rapports avec les messieurs, a l'habitude de remédier à sa maigreur par l'adjonction d'une de ses petites amies. »

Cyclothymique, misogyne, égrillard à ses heures, grave à d'autres comme l'atteste son engagement dreyfusard, Paul Roulier-Davenel représente bien son époque. En brossant son portrait, Sacha Guitry a dépeint l'archétype de l'homme de lettres de la fin du XIXe siècle. Ce canular potache est également un pastiche réussi de l'éloge littéraire, exercice difficile qui porte en soi sa caricature.

Ronceraille ou le désir d'absolu

En 1978, pour en fêter le centième volume, les éditions du Seuil publient, dans leur collection « Écrivains de toujours » dirigée par Denis Roche, un *Ronceraille* par le critique littéraire Claude Bonnefoy. Composé dans les règles de l'art avec photos, lettres autographes, témoignages, le volume s'ouvre sur une coupure de presse datée du 19 avril 1973 qui annonce la mort prématurée à l'âge de trente-deux ans du jeune romancier Marc Ronceraille, au cours d'une ascension dans le massif du Mont-Blanc. « *Écrivain, notamment dans* L'architaupe, *ce roman d'une folie illuminante et mortelle, Marc Ronceraille se situait à la pointe de la recherche littéraire,* écrit de lui un supposé journaliste. *On peut imaginer que l'alpiniste, comme le romancier, hanté par le même désir d'absolu, ait voulu être le premier à frayer des voies nouvelles.* » Un cahier de photos nous révèle les traits de Ronceraille (un complice de Bonnefoy) en beau brun ténébreux au regard méditatif dans sa ville natale de Saint-Jean-d'Angély, ou souriant dans un bar de Saint-Germain-des-Prés devant un verre avec Gilles Lapouge (deuxième complice). On le voit également se faire interviewer par Bernard Pivot (également de la partie). Les poèmes que nous laisse le prodige sont dans l'esprit de l'époque, hermétiques et un brin prétentieux. Malgré quelques contacts avec les membres de la revue *Tel quel*, précise sa biographie, « *il semble que son côté play-boy lui ait valu d'être tenu à l'écart par une bonne partie de l'avant-garde littéraire* ».

Par-delà la farce, c'est une nouvelle figure archétypale de l'écrivain français que dessine Claude Bonnefoy (quel nom parfait pour un mystificateur). En effet, l'époque n'est plus aux boulevardiers à la Roulier-Davenel. Des ruptures radicales ont profondément modifié la vision de l'homme de lettres. Des révolutions stylistiques, Proust, Céline – des révolutions théoriques, le surréalisme, l'existentialisme, le structuralisme. Mai 68 enfin est passé par là. La biographie de Ronceraille signale d'ailleurs l'intervention du poète à l'Odéon cette année-là intitulée « La Parole fait la fête ». On érige désormais des statues aux poètes maudits : depuis Rimbaud, l'écrivain est un être qui, à l'instar d'un Ronceraille, « *cultive les extrêmes* » et fait de sa vie un défi, tout en adoptant les mœurs de son époque. La chronologie de la vie de Ronceraille révèle son remarquable sens de la compétition : en 1960, il est finaliste des championnats de France du 800 mètres, en décembre 1963, il intègre l'agence « Polypublicité ». Bref, avant même la publication de son premier recueil de poèmes, *Sol mémorable*, Marc Ronceraille « *qui fréquente les boîtes à la mode et s'est lié à quelques jeunes journalistes, commence à avoir une petite réputation parisienne* ». Sa liaison avec Fabienne Corot, qui vient d'avoir son premier grand rôle dans un film « *dont il assure le lancement publicitaire* », fait grand bruit dans la presse à sensation. Peu avant sa mort, il devient le directeur général adjoint d'une importante firme publicitaire.

On peut voir dans l'invention de Marc Ronceraille un précipité de l'écrivain contemporain, soucieux de concilier « *quête d'absolu* » et recherche plus pragmatique de succès immédiats et de coquets subsides. Le genre de jeune homme en vue dont les critiques s'entichent. Un excellent Jean-Fédor Bielanski, de *Littérature nouvelle*, étudie « *la caverne dans l'imagerie sexuelle et mythique de Ronceraille* ». À propos du héros de *L'architaupe*, il écrit : « *Que cherche Martial Régnier lorsqu'il interroge les pierres du Causse, retourne son jardin, creuse sa cave, descend dans les fossés ?* [...] *N'est-ce pas un rêve de fusion tellurique, symbole évident d'un œdipe mal surmonté ?* »

S'ensuivent une série de textes dans lesquels l'auteur s'amuse à imiter l'éprouvante prose des émules du structuralisme. Dans *L'effacement du livre ou la trajectoire de Marc Ronceraille*, où Achille Enquetard analyse *L'architaupe* « *comme un livre à plusieurs étages (espace, mémoire, histoire, société, sexe, imaginaire, etc. constituant les strates du texte) et à multiples détentes. Récit d'une aventure extrême, d'un délire de possession ou d'une descente dans le passé, il traverse en même temps toutes les formes du romanesque jusqu'à leur dilution même. Par là, il reproduit l'histoire de la littérature moderne et de ses métamorphoses* ». Enfin, l'ouvrage se clôt sur un coup de théâtre qui incite à reconsidérer l'œuvre et son auteur : « *Ronceraille était-il un imposteur ?* » Une coupure de presse nous apprend en effet qu'un interne de l'hôpital psychiatrique de Cahors aurait découvert dans la bibliothèque de son établissement des liasses de manuscrits laissées par un pensionnaire de l'asile : il s'agit des recueils *Sol mémorable*, *Runes*, *L'imagerie mécanique du professeur Batave*, ainsi que du roman *L'architaupe*, soit la totalité des œuvres du poète supposé.

Ronceraille un imposteur, un play-boy sans scrupule ? Le canular dans le canular, c'est du grand art. Bernard Pivot invita le faux Ronceraille à « Apostrophes » à la sortie du livre. Il vendit la mèche à la fin de l'émission, ce qui stoppa net l'ascension de Ronceraille.

VI

Rocambole et Cie

La plupart des écrivains puisent dans leurs souvenirs la matière de leur œuvre. Mais parfois, l'imagination de l'auteur sort de son lit. Celui-ci se prend alors pour un héros de polar, de roman d'aventures ou d'espionnage.

UNE FEMME DISPARAÎT

C'est un mystère qui fascine les fans d'Agatha Christie depuis des lustres. Un flou subsiste toujours sur sa disparition de onze jours en 1926. D'autant que la romancière ne fait aucune mention de cette affaire dans son autobiographie. La discrète Anglaise, déjà célèbre à cette époque – elle vient de publier *Le meurtre de Roger Ackroyd*, son premier succès –, évoque simplement une période difficile. La mort de sa mère l'a laissée très déprimée. Tandis qu'elle remet en ordre sa maison de Styles, son mari travaille à Londres. Agatha se laisse gagner par la solitude. Cette jeune femme robuste se sent épuisée, incapable d'effectuer certains gestes simples, ni même d'achever son livre en cours. À son retour, le colonel Archibald lui semble un parfait étranger. Il lui apprend alors qu'il est amoureux d'une jeune fille et qu'il souhaite divorcer au plus vite.

Le 13 décembre, l'annonce fait donc la une des journaux britanniques : « *Agatha Christie a disparu depuis dix jours.* » L'énigme se présente ainsi : un soir vers 21 h 45, Agatha Christie a quitté son domicile après avoir embrassé sa fille Rosalind qui dormait. Partie pour une mystérieuse escapade en voiture, la romancière ne rentrera pas à la maison. Le lendemain, on retrouve l'automobile, une Morris Cowley, dans le Sussex, près de Guilford, à proximité d'un lac dans lequel elle a « noyé » deux personnages de ses romans. Cette disparition est d'autant plus inquiétante que les papiers d'identité et le manteau de l'écrivain sont retrouvés abandonnés dans sa voiture. Agatha s'est-elle jetée à l'eau, a-t-elle pris la fuite ? On drague le fameux lac. Toute la région est fouillée, un millier de bénévoles suivent les traces de la reine du crime. Le gouvernement prend l'affaire très au sérieux. On envisage même la thèse du meurtre. Une récompense est offerte à toute personne susceptible de fournir la moindre information. On fait même appel à des médiums pour localiser le corps. L'un d'eux, Horal Leaf, assure que la jeune femme est vivante. Même sir Arthur Conan Doyle est appelé à la rescousse pour tenter de résoudre l'affaire....

Au plus fort d'une période sinistre, Agatha a changé de vie de la manière la plus radicale. Par un coup de théâtre très médiatique, elle a fourni aux curieux une formidable énigme à résoudre. De nombreux points restent encore obscurs à ce jour. En effet, lorsque, grâce aux photos parues dans la presse, on la retrouve enfin, elle semble n'avoir pas conscience de l'agitation créée par sa disparition. Elle séjourne alors dans un hôtel de Harrogate sous le nom de Teresa Neele... qui n'est autre que celui de la maîtresse de son mari. Celui-ci s'apprêtait à partir en week-end avec elle au moment de la disparition.

Agatha retrouvée dans une station balnéaire chic : la presse s'indigne. On parle d'un coup de publicité. C'est peut-être pourquoi la romancière ne s'expliquera jamais vraiment sur cet épisode. Elle prétendra ne pas s'être reconnue dans les photos des journaux, sans doute victime d'une amnésie, thèse à laquelle certains de ses biographes accordent encore crédit. C'est oublier qu'Agatha Christie, en dépit de son état dépressif, restait avant tout un écrivain à l'imagination féconde – elle écrira quatre-vingts livres ; cette épouse blessée reste également une femme de tête, apte à manipuler son mari, le public et l'opinion. La mise en scène était trop parfaite. La voiture près du lac, le « choc mnésique », le flou entretenu toute sa vie. Non, Agatha n'a rien d'un petit être fragile... L'année suivante, en attendant son jugement de divorce, elle part seule en voyage à bord de l'Orient-Express. À Bagdad, elle rencontre un archéologue de quinze ans son cadet. C'est le coup de foudre. Ils se marieront et vivront ensemble jusqu'à sa mort. « *Épousez un archéologue*, disait-elle *: plus vous vieillissez, plus il s'intéresse à vous !* » À sa mort, en 1976, cette note récupérée dans ses papiers indique : « *La clef du mystère de ma disparition se trouve dans ma chambre du Pera Palace à Istanbul.* » Vérification faite, une cache dans le parquet de la chambre indiquée contenait bien... une clef. Cette « clef du mystère » qui fait d'Agatha une redoutable mystificatrice devant l'Éternel.

L'EXTRAVAGANT PIERRE BENOIT

Personnage fantasque, écrivain fertile, Pierre Benoit, né le 16 juillet 1886 à Albi et mort le 3 mars 1962 à Ciboure, est l'auteur quelque peu oublié de quarante romans d'aventures teintés d'onirisme et de fantastique. Dont on retient surtout les premiers, *Koenigsmark*, *La chaussée des géants*, ou encore *L'atlantide*. Star en son temps, Pierre Benoit a connu d'énormes succès. La plupart de ses œuvres ont été portées à l'écran ou adaptées au théâtre.

Enfant, Benoit, fils d'officier de carrière, a séjourné en Tunisie et à Alger, mais, la plupart du temps, cet homme qui situe ses romans dans des contrées exotiques voire excentriques où il n'a jamais mis les pieds est un artiste en chambre. « *Tout mon effort n'aura consisté qu'à remettre en valeur les trésors accumulés à mon insu pendant mon enfance* », confiait-il. Un écrivain a-t-il besoin de voyager pour décrire le monde ?

À l'âge de trente-trois ans, Pierre Benoit, auteur déjà consacré, décide de jeter une pincée de romanesque au sein de sa propre vie. Ce poète que son poste de bibliothécaire au ministère de l'Instruction publique ennuie, ce dandy qui a exaspéré ses supérieurs en organisant des concours de tortues sur les terrasses du Palais-Royal, cet homme en ménage depuis dix ans avec Mlle Fernande Leferrer, modiste de son état, semble victime d'asphyxie.

Le 18 septembre 1922, tous les quotidiens parisiens annoncent avec un rien de scepticisme : « *UN ROMAN-CINÉMA – M. Pierre Benoit "enlevé" en plein Paris* » *(L'Écho de Paris).* « *UNE HISTOIRE FANTASTIQUE – le double enlèvement de M. Pierre Benoit par les Sinn-Feiners*[1] » *(Le Gaulois*[2]). L'écri-

1. Nationalistes et républicains irlandais, membres du Sinn Féin.

2. Jacques-Henry Bornecque, *Pierre Benoit le magicien*, Albin Michel, 1986.

vain se retrouve au centre d'un fait-divers rocambolesque. Une ténébreuse affaire qui remonte déjà à une semaine mais Fernande, la compagne de l'auteur, ne s'est décidée à prévenir la police qu'après une suite de péripéties que relate *Le Gaulois*. L'article commence ainsi, en référence à l'héroïne de *L'atlantide* : « *Quelle Antinéa a fait enlever M. Pierre Benoit ?* [...] *C'est un film en plusieurs épisodes que Mlle Leferrère* (sic), *une amie du jeune romancier, a narré, hier, à M. Faralicq, commissaire à la direction de la police judiciaire. On a appelé cela le dernier roman de M. Pierre Benoit. Véritable roman, en effet, stupéfiant, hurlant d'invraisemblance, qui semble avoir été machiné par des mystificateurs de l'école de feu Sapeck.* » S'ensuit l'incroyable résumé des événements. À son bureau du ministère, l'écrivain a reçu la visite d'un mystérieux clergyman irlandais. Celui-ci l'a convaincu de le suivre à Courbevoie où l'attend un M. De Valera qui veut lui faire part d'une communication urgente. Pierre Benoit est introduit dans une modeste maison où se trouvent deux hommes, des Sinn-Feiners, qui lui annoncent leur décision de le kidnapper plusieurs jours. Le malheureux ne peut qu'expédier un pneumatique à sa compagne à leur domicile au 207, boulevard Raspail. Une carte qui la « rassure » en ces termes : « *Je suis obligé d'aller à Darnétal, près de Rouen. Je suis menacé d'un revolver et ne puis résister.* » (Notons que parmi les mille et une façons de quitter une femme, celle envisagée par Pierre Benoit n'est pas la moins originale.)

Escorté de deux sbires armés d'un browning, l'écrivain monte dans une grande limousine anglaise aux vitres voilées. Durant le trajet, Pierre Benoit s'insurge auprès de ses ravisseurs : n'a-t-il pas pris fait et cause pour les Sinn-Feiners dans son roman irlandais *La chaussée des géants*, qui vient de paraître ? L'un des gardes du corps admet avoir « apprécié cet ouvrage », il en possède même un exemplaire dédicacé. Mais il doit exécuter les ordres. Arrivés dans la banlieue d'Évreux, on installe l'écrivain dans la cellule d'un couvent après lui avoir fait endosser une robe de bure. Durant trois jours, il est nourri par un mystérieux moine (sans doute le Moine bourru). Enfin, il peut télégraphier à son amie : « *Pierre Benoit va bien. Il rentrera demain.* » Ce télégramme est envoyé... d'Honfleur. (L'auteur de fiction romanesque est souvent coupable d'invraisemblances.) Le 14, Fernande apprend par une nouvelle dépêche que l'écrivain l'attend à Marly, au Coq-Hardi. Elle prend sa voiture et y retrouve son ami qui lui raconte sa mésaventure. Ils se promettent de refaire le trajet jusqu'à Évreux, pour y repérer le couvent où il a été enfermé trois jours. Mais le samedi après-midi, la jeune femme reçoit un nouveau télégramme de Pierre Benoit :

« *Ma chère petite. Ces messieurs du Sinn Féin, sous les yeux de qui je t'écris, sont pleins de prévenances. Ils ont jugé bon de s'assurer de ma personne à nouveau, et cette fois en plein Paris. Ils m'autorisent à te dire d'être sans inquiétude et que je serai ramené demain soir dimanche et au plus tard jeudi mais qu'il est de mon intérêt de ne pas chercher à avoir plus tôt de mes nouvelles.*

Le moral est bon.

Je préférerais néanmoins, chère amie, être auprès de toi. Tous, ils ont bien voulu m'assurer que c'est la dernière fois que je suis enlevé. »

Cette fois, Fernande se rend à la police judiciaire. Elle va également parler aux journalistes qui se trouvent sur place. « *Mlle Leferrère* (sic) *est très convaincue,* commente Armand Villette du *Gaulois*. *Le sera-t-elle longtemps ? Le jeudi matin 14, M. Pierre Benoit lui adressait d'Honfleur le fameux télégramme lui donnant rendez-vous à midi, à Marly ; et le même jour, M. Pierre Benoit envoyait à notre confrère M. Paul Souday du* Temps *une lettre datée des Jardies. Le dernier roman de M. Pierre Benoit n'est pas sérieusement échafaudé.* »

L'histoire, qui consterne l'entourage de Pierre Benoit, amuse beaucoup la presse. Ainsi, lorsque Fernande convoque des journalistes dans un café du boulevard Saint-Germain pour relater l'histoire de son ami à laquelle elle croit dur comme fer, un chroniqueur du *Figaro* intitule son article « De Rocambole à Pierre Benoit » et souligne les multiples incohérences dans l'emploi du temps de l'écrivain. Le journaliste rapproche l'affaire d'un roman de Ponson du Terrail, *Les mystères de Londres*. « *Ou des fenians enlèvent un Parisien aussi connu que l'auteur de* L'atlantide. »

Tandis que Fernande commence à se vexer face aux insinuations de la presse, Clément Vautel du *Journal* remercie l'écrivain de pimenter ainsi une actualité morose, faite de commentaires sur la Société des Nations, « *la mauvaise foi de l'Allemagne* » et la Commission des réparations. Enfin, Henri

Danjou, chroniqueur de *Bonsoir*, tire les conclusions de l'affaire sous un titre certes à rallonge mais prémonitoire : « *On ne badine pas avec l'amour, M. Pierre Benoit, fiancé infidèle, est la première victime de son "roman"*[1]. »

« *On devine l'histoire. M. P. Benoit, pour calmer une amie que ses absences inquiétaient (d'aucuns assurent même qu'il voulait la quitter), lui a conté un énorme mensonge. La dame en question, Mlle Leferrer, qui est son authentique fiancée, y a cru dur comme fer et s'est rendue aussitôt à la police judiciaire. M. Pierre Benoit ne sait plus maintenant comment il va échapper aux ennuis qui le guettent. Mais nous sommes rassurés ! Il a assez d'imagination pour trouver un épilogue digne de ses meilleurs romans.* »

Les conclusions du journaliste approchent de la vérité. Le très imaginatif Pierre Benoit, qui avait passé son premier enlèvement à festoyer dans la vallée de Chevreuse avec Maurice Rostand, s'était prélassé durant le second, deux jours à Deauville avec une jeune femme... En apprenant les détails de cette affaire, le ministre de tutelle de Pierre Benoit, furieux, le prie de prendre un congé sans solde en attendant qu'il envoie sa démission. Dans la foulée, le renégat passe un mauvais quart d'heure chez lui. Il bat sa coulpe et promet de régulariser enfin sa liaison avec Fernande. Mais, comment faire machine arrière lorsqu'on a ainsi rompu la monotonie de son existence ? Tandis que sa fiancée active les préparatifs du mariage, Pierre Benoit médite la maxime napoléonienne selon laquelle « *la seule victoire en amour, c'est la fuite*[2] ». En décembre, il accepte la proposition bienvenue du *Journal* d'effectuer une série de reportages au Moyen-Orient. Il ne dit mot à la future mariée de ses projets. Et lorsque le frère de Fernande arrive d'Espagne pour assister à la cérémonie nuptiale, il ne trouve trace de Pierre Benoit. Folle de rage, la promise court à son domicile. Pour y apprendre que Monsieur est passé en coup de vent et qu'il est reparti à l'étranger mais sans préciser où...

Pierre Benoit le fugitif est bel et bien devenu un héros de Pierre Benoit.

---

1. À cette époque, la presse avait encore un peu de morale !
2. *Pierre Benoit*, *op. cit.*

Le ravissement de Jean-Edern

L'autokidnapping de Pierre Benoit ne manquait ni de panache ni de romanesque. Celui de Jean-Edern, tout aussi rocambolesque, sera jugé pitoyable. Il participera au déclin de l'écrivain ainsi qu'à sa renaissance en pure bête à médias.

Le 23 avril 1962, deux jours après un « Apostrophes » chahuté où il réclame un « *ministère de l'Imaginaire* », Jean-Edern Hallier est victime d'un mystérieux enlèvement. « *Qui en veut à Jean-Edern Hallier ?* » s'interroge la presse. L'éditorialiste de *Paris-Match*, Jean Cau, divulgue le contenu d'une conversation téléphonique qu'il aurait eue avec l'écrivain au lendemain de l'émission de Pivot : « *J'ai raté mon "Apostrophes"*, aurait dit Jean-Edern. *Je suis prêt à frapper un grand coup.* »

Comment une telle idée lui est-elle passée en tête ? Quelques jours auparavant est parue dans *Pilote*, dans la série des *Aventures de Jack Palmer*, une bande dessinée de Pétillon *Les disparus d'"Apostrophes"*, dans laquelle plusieurs écrivains sont enlevés après leur passage chez Pivot. Dont un certain Jean-Edern Alien...

Depuis des mois, Jean-Edern Hallier, grantécrivain-en-panne et bouffon de la République, n'a pas le moral. Il lasse même ses amis les plus fidèles depuis qu'il s'enlise dans un duel sans merci contre le président de la République. L'objet du délit, *L'honneur perdu de François Mitterrand,* un pamphlet non publié dans lequel il révèle entre autres l'existence de la fille cachée du Président et son appartenance à la Cagoule[1] avant-guerre. Dix-sept éditeurs refusent le manuscrit. Persuadé que sa « *formidable vision artistique* » l'a mis au ban de la société, l'écrivain crie alors à la persécution. Parmi les éditeurs pressentis, certains ont sans doute craint les réactions du gouvernement ; d'autres, plus indépendants, ont simplement jugé le texte indigne. Dans son *Journal intime* (tome III), Marc-Édouard Nabe abonde dans ce sens : « *Ce n'est pas demain qu'Edern trouvera un éditeur assez fou pour sortir cette merde. Ce livre est une honte, mais pas dans le sens où l'entendraient les bien-pensants. Il est regrettable que* L'honneur perdu de François Mitterrand *(un très mauvais titre) soit*

1. Groupe d'extrême droite actif dans les années 1930 en France.

bourré de révélations diffamatoires ; elles cachent les faiblesses de l'écriture en les soulignant en même temps… À cause du scandale que la publication de son bouquin provoquerait à coup sûr, les éditeurs ne peuvent pas dire à Edern que, s'ils ne le publient pas, c'est surtout parce que ce livre est très raté ! L'arbre de la subversion cache la forêt des fautes. Le scoop ne dispense pas du style. Edern devrait relire Bloy, Vallès ou Céline : un pamphlet, ça s'écrit, et plus il y a de choses "horribles" à dire, plus il faut les écrire[1]. »

C'est un fait avéré : à cette époque, l'écrivain et son entourage furent écoutés par l'Élysée. Hallier, de son côté, multiplia les déclarations et harcela par téléphone les conseillers du Prince. Chose curieuse, car il n'en a pas fait état publiquement – on ne l'apprit qu'après sa mort –, la police le fit suivre pour l'inquiéter. C'est le gendarme Daniel Gamba lui-même qui révéla l'affaire dans un livre[2]. À toute heure du jour et de la nuit, en tout lieu, Jean-Edern voyait apparaître un homme sinistre toujours vêtu de la même façon. Les sbires de l'Élysée entendaient ainsi provoquer un « choc psychologique » chez l'écrivain, par ailleurs grand consommateur de vodka et de cocaïne. On ne sait s'il se crut fou, réellement persécuté ou en proie à des hallucinations.

Alors qu'il traverse une mauvaise passe et que ses amis tentent de le dissuader de publier son livre, Jean-Edern disparaît après un dîner à La Closerie des Lilas. Dans les jardins de l'Observatoire, qui plus est, théâtrale mise en scène destinée à rappeler le faux attentat de l'Observatoire qui faillit coûter sa carrière politique à François Mitterrand.

Quatre jours durant, sa famille et ses proches vivent alors dans la panique. Des « Brigades révolutionnaires françaises », inconnues au bataillon, revendiquent l'attentat, sans toutefois réclamer de rançon. Son éditeur Albin Michel – qui a refusé le manuscrit – est victime d'une alerte à la bombe. Le commissaire Genthial, qui dirige la Police judiciaire, ne croit pas à l'existence desdites Brigades et soupçonne Jean-Edern de se cacher quelque part. Il a alors l'idée de faire annoncer à la télévision que le général Hallier (le père de Jean-Edern), alors âgé de quatre-vingt-dix ans, a eu un malaise. Comme il le subodorait, le fils prodigue réapparaît subitement. On le

1. Cité par Sarah Vajda in *Jean-Edern Hallier, op. cit.*
2. *Ibid.*

retrouve porte Maillot, il a été ramené en stop par un voisin. Jean-Edern est entendu à la PJ par le commissaire Genthial à qui il confie sa terreur de ses ravisseurs « sionistes ». On procède pour la forme à une enquête. Des éditorialistes se déchaînent contre Hallier et le raillent, persuadés qu'il est l'auteur d'une mystification. Mais l'écrivain s'obstine à raconter son enlèvement dont il donne différentes versions et s'emporte contre ses « calomniateurs ». À l'éditeur Jean Picolec, qu'il rencontre par hasard l'après-midi suivant sa « libération », il demande toutefois : « *Tu crois que j'ai fait une c...*[1] ? » Hallier n'avouera s'être auto-enlevé qu'au cours d'une émission sur une radio libre, Carbone 14, où un animateur réussit à le coincer. Quant aux « Brigades révolutionnaires », elles sont tout droit sorties de l'imagination de l'écrivain et de son ami Angel, qui déclare : « *Nous avons bien rigolé en rédigeant les revendications de ce mouvement fantôme* [...]. *J'ai posté les textes au bureau central de la rue du Louvre et en ai téléphoné le contenu à Police-Secours en déformant ma voix. Les policiers ont fait ensuite entendre la bande aux proches de Jean-Edern, y compris à Michèle Gaillard d'Albin Michel qui ne m'a pas reconnu*[2]. »

Malgré les doutes de la police, Hallier ne sera pas inquiété pour « dénonciation de délits imaginaires ». Il renoncera à faire paraître *L'honneur perdu* et publiera l'année suivante *L'enlèvement*, chez Pauvert. Invité à « Apostrophes » pour promouvoir ce livre où il relate sa version des faits, il provoque la stupeur de Bernard Pivot en confessant, à brûle-pourpoint, avoir commandité un attentat chez Régis Debray, alors conseiller de François Mitterrand. Il ne demande pas mieux que d'aller en prison. « *Il faut emprisonner Voltaire* », lance-t-il, toujours modeste. Après l'enregistrement toutefois, il prend un vol pour Genève. Mais dès son retour, des policiers l'attendent pour le conduire au dépôt. L'irresponsable Jean-Edern a donc fini par essuyer, pour un temps, « *la paille humide d'un cachot* ». Comme un vrai proscrit de l'Histoire. Malheureusement, son court séjour au dépôt n'aura pas le temps d'émouvoir les foules.

1. *Jean-Edern Hallier*, *op. cit.*
2. Interview de Michel Honorin, *ibid.*

VII

Plagiat et négritude

L'histoire du plagiat, c'est presque l'histoire de la littérature. De l'imitation à l'inspiration, de l'imprégnation au pillage, il y a des nuances, des graduations parfois difficiles à démêler. Le but de ce court chapitre n'est pas de se substituer aux tribunaux ni de dresser une liste vengeresse des plagiats avérés, mais de souligner l'ampleur de la question. Celle-ci ne se posait pas dans l'Antiquité – au contraire, l'imitation des Anciens était un exercice bien considéré – ni chez les classiques. Ce qui a permis par exemple à La Fontaine de s'inspirer d'Ésope pour écrire l'une des plus belles œuvres de l'histoire littéraire française. Le droit à la propriété intellectuelle et artistique résulte d'un combat acharné dans lequel s'engagèrent des écrivains comme Diderot, Beaumarchais, Restif de La Bretonne, Nerval, Vigny, Balzac, Lamartine, Hugo ou Dumas. Leur lutte menée auprès des parlementaires aboutit à la loi du 11 mars 1957, qui régente désormais toute la vie littéraire et artistique. Elle n'a cependant jamais tout à fait découragé les copieurs.

Hélène Maurel-Indart a esquissé une savoureuse typologie de ces individus[1].

Le plagiaire conquérant

Ce pompeur d'envergure a pour modèle Alexandre Dumas. Comme ce dernier, il adopte la devise d'Alexandre le Grand : « *L'homme de génie ne vole pas, il conquiert*[2]. » Derrière lui, se

1. Hélène Maurel-Indart, *Plagiats, les coulisses de l'écriture*, La Différence, 2007.
2. *Ibid.*

range Jean-Luc Hennig. Accusé de contrefaçon pour son *Horoscope cruel,* démarcation en de nombreux passages du charmant *Tristesse de la balance et autres signes,* de Jacques Bertrand (Éditions Bernard Barrault). Après avoir indemnisé ce dernier et accepté de supprimer les passages litigieux de ses nouveaux tirages, Hennig ne se démonte pas. Il publie une *Apologie du plagiat* dans laquelle il exalte la noblesse du pilleur. Pourquoi se vautrer dans la culpabilité alors qu'on peut tirer profit de toute expérience, même de ses erreurs ?

LE PLAGIAIRE FACÉTIEUX

Son modèle ? L'excellent Charles Nodier, écrivain et mystificateur devant l'Éternel. Son *Voyage dans le Paraguay-Roux* est une parodie fort peu discrète de l'œuvre de Henri Delmotte *Voyage pittoresque et industriel dans le Paraguay-Roux et en Palingénésie australe*. Mais, à ce stade, le plagiat tient de l'hommage. Nodier ne manque pas de s'incliner devant le maître en ces termes : « *Gloire soit rendue à l'écrivain par qui cet excellent livre nous est venu de loin !* »

Certains « plagiats » relèvent ainsi de la farce de collégien. Gilles Lapouge aime glisser quelques phrases d'un grand écrivain dans ses ouvrages pour vérifier la culture de ses lecteurs. Il est toujours déçu. Dans *La maison des lettres*[1], il avoue avoir recopié deux pages d'*Une saison en enfer* de Rimbaud pour décrire les boucaniers dans son livre *Les pirates*, plusieurs fois réédité. Personne ne s'en est jamais aperçu. Ni son éditeur, ni les lecteurs. Les critiques n'ont pas non plus remarqué cet emprunt massif. Quarante ans après, Lapouge s'interroge encore : « *Ou bien, les critiques n'ont pas lu tout mon livre et ont raté, par malchance, cette page. Ou bien, ils n'ont jamais lu Arthur Rimbaud. Mais, dans cette hypothèse,* s'amuse l'écrivain, *ils auraient dû écrire une phrase du genre "Tout ce livre sur les pirates est assez bien écrit mais nous signalons à nos aimables lecteurs les pages 103 et 104. Ils savoureront un passage qui s'apparente aux plus beaux morceaux de toute la littérature française".* » Qui lit encore avec attention aujourd'hui ? La surproduction littéraire tue l'essence même de la lecture qui nécessite du temps, du calme, de la distance. Pour cet emprunt signalé, combien de livres plagiés tranquil-

1. *Entretiens avec Christophe Mercier*, Phébus, 2009.

lement à la Bibliothèque nationale sur des manuscrits centenaires oubliés ?

De l'inspiration au plagiat

La plupart des écrivains ont un modèle de référence. Leur œuvre s'en inspire parfois de manière délibérée. Aussi original que soit le beau roman de Jules Verne *Vingt mille lieues sous les mers*, il ne se place pas moins sous l'ombre tutélaire de Victor Hugo. Mais son auteur, sur lequel avait déjà plané l'accusation de plagiat, s'acquitta ainsi de sa dette : « *Pour peindre de pareils tableaux*, écrit-il, *il faudrait la plume du plus illustre de nos poètes, l'auteur des* Travailleurs de la mer[1]. » Les degrés d'inspiration sont variés. Pour écrire son célèbre *1984*, George Orwell lui-même semble avoir largement puisé dans *Nous autres*, un roman futuriste de Ievgueni Zamiatine, dont il avait fait la critique en 1946 pour *Tribune*. Plus près de nous, le best-seller de Régine Desforges *La bicyclette bleue* s'inspire explicitement de *Autant en emporte le vent*. Mais au fil de cette saga en plusieurs volumes, son héroïne Léa se démarque tant de son modèle que les héritiers de Margaret Mitchell, qui avaient intenté un procès à la romancière, ne purent obtenir gain de cause. Non seulement Régine Desforges n'a jamais nié s'être inspirée de Margaret Mitchell, mais au contraire, elle s'est d'emblée placée sous son auspice.

Tropicalités

Le cas de Sony Labou Tansi est plus complexe. À cause de sa passion envahissante pour Gabriel García Márquez, l'auteur congolais est aujourd'hui délaissé, réévalué à la baisse ; *La vie et demie*, parue au Seuil en 1979, sembla marquer un tournant dans l'histoire des lettres africaines : « *Avec ce livre, le roman négro-africain d'expression française ne se contentait plus de dénoncer et d'incriminer, il affichait enfin un réel souci d'écriture et de travail sur la langue*[2]. » La satire se doublait en effet d'une ambitieuse réflexion stylistique. Lorsque parut *Les sept solitudes de Lorsa Lopez*, Labou Tansi fut franchement accusé d'avoir plagié *Chronique d'une mort*

1. *Plagiats, les coulisses de l'écriture, op. cit.*
2. Jean-Michel Devésa, *Sony Labou Tansi*, L'Harmattan, 1996.

annoncée. Depuis son premier roman, Labou Tansi avait pourtant affiché sa dette à l'égard de García Márquez qui représentait pour lui comme pour d'autres auteurs africains la référence absolue. Cependant, ainsi que le note Daniel-Henri Pagneaux : « *Les références faites à García Márquez sont tellement claires, évidentes, voire nombreuses qu'elles deviennent tout à la fois clins d'œil au lecteur et principe d'écriture qu'il faut appeler personnelle*[1]. » Sony fut sans doute encouragé dans son obsession par ses éditeurs qui voyaient dans la « tropicalité » « *le mode d'expression privilégié du tiers-monde progressiste et nationaliste*[2] ». En outre, le style riche mais trop touffu de l'auteur fut épuré, retravaillé, « discipliné », pour ne pas dire réécrit avant d'être édité. L'écrivain Sylvain Bemba, qui relut et corrigea tous les manuscrits de Sony, éclaire son cas : « *Comme l'oiseau qui fait son nid avec de multiples brindilles, il a l'art inouï de ce que j'appellerais la recombinaison littéraire.* »

LE SYNDROME DU COUCOU

Certains font ainsi leur nid dans l'œuvre d'autres écrivains. Une récente polémique a opposé en 2007 l'écrivain Camille Laurens à Marie Darrieussecq. La première s'est littéralement sentie « *poignardée* » en lisant *Tom est mort*, que publiait la seconde chez le même éditeur, P.O.L. Elle y a reconnu la matière et l'atmosphère d'un de ses ouvrages autobiographiques, *Philippe*, un texte particulièrement sensible qui touchait à la mort de son bébé. Difficilement défendable sur le plan juridique, la notion de « plagiat psychique » utilisée par Camille Laurens dans un article de *La Revue littéraire* intitulé « Le syndrome du coucou » ne laisse pas indifférent. On peut certes opposer à ses arguments une longue liste d'ouvrages ayant trait à la mort d'un enfant. Pourtant, à l'appui de la thèse de Camille Laurens, la même Marie Darrieussecq s'était vu accuser par son ex-amie l'écrivain Marie N'Diaye de « singer » son univers lors de la parution de son deuxième livre, *Naissance des fantômes*. Il n'est pas question à proprement parler de plagiat dans le cas de Marie Darrieussecq. Son style prime sans doute sur ses thèmes, lesquels appartiennent

1. *Sony Labou Tansi, op. cit.*
2. *Ibid.*

malheureusement à tout le monde. Camille Laurens claqua pourtant la porte de leur éditeur commun P.O.L. pour s'en aller publier chez Gallimard.

Le plagiaire récidiviste ou la griffe du nègre

Certains « écrivains » se font régulièrement condamner pour plagiat. Et ils recommencent. Mais qu'est-ce qu'ils ont dans la tête pour se faire prendre en maladif flagrant délit de recopiage? La réponse est simple. Ces personnes, politiciens, jolies femmes à la mode, gens de télévision que des éditeurs supplient de publier pour faire un coup d'édition, n'écrivent pas leurs livres. Comment ne pas s'émouvoir de leurs récriminations lorsqu'ils s'indignent d'être accusés de plagiat ? Ils n'étaient même pas au courant qu'ils avaient copié. C'est leurs nègres, qui sont – comme leur nom l'indique – mal payés et exploités honteusement, qui tirent à la ligne et « s'inspirent » d'autres livres.

De nombreux cas de plagiat, récemment passés devant les tribunaux, relèvent de ce qu'on peut appeler « la griffe du nègre ». Celui-ci glisse souvent une forme de signature à l'intérieur du texte. Par vengeance contre l'auteur supposé, pour lui rabattre son caquet par exemple lorsque ce dernier commence à se prendre pour un vrai écrivain, le nègre recopie dans son manuscrit quelques passages d'un texte déjà paru. Sa petite bombe à retardement publiée, il n'a plus qu'à rire sous cape en écoutant l'auteur pérorer sur son œuvre dans les médias. En attendant qu'un jugement public vienne définitivement ridiculiser l'arrogant. Mais la plupart du temps, personne ne remarque quoi que ce soit.

Écrivain à gages

A priori, le nègre est un écrivain qui rédige les livres des autres pour gagner sa vie. Il peut aussi, à l'instar de Colette, qui écrivit la série des *Claudine* pour le compte de son mari Willy, considérer sa négritude comme un apprentissage. Après avoir fait ses débuts à l'ombre d'un écrivain connu, le nègre à la Colette prend son envol. Mais le cas reste rare. Auguste Maquet demeure inconnu même s'il a écrit nombre de romans de Dumas. Celui-ci eut une flopée de nègres, comme le révélait déjà en son temps le pamphlet d'Eugène de Mirecourt *Fabrique de romans. Maison Alexandre Dumas et Cie*. Dans ses premières années de collaboration avec l'illustre homme de lettres, Maquet semble ébloui et reconnaissant. On doit à leurs talents conjugués des chefs-d'œuvre tels que *Le chevalier d'Harmental*, *Les trois mousquetaires*, *Vingt ans après*, *La reine Margot*, *La guerre des femmes*, *La dame de Monsoreau*, *Le vicomte de Bragelonne* et bien d'autres. Mais bientôt Maquet s'alarme de voir Dumas s'attribuer la seule gloire de leurs œuvres communes et de ne recevoir de sa part que de maigres subsides. En 1847, lassé de travailler « sur parole », il signe avec le maître un traité par lequel, moyennant la somme de 445 200 francs, payable en onze ans à raison de 1 100 francs par mois, il cède ses droits de copropriété pour les romans et pièces de théâtre auxquels il a collaboré. Par ce contrat aberrant, Maquet vient de tout perdre. Car Dumas, ruiné par la révolution de 1848, ne lui versera pas les sommes dues. Leurs relations s'enveniment au point que Paul Lacroix, autre nègre de Dumas, devra servir d'intermédiaire entre les deux...

Les rapports de l'auteur supposé et de son nègre sont toujours complexes. Cependant, l'accord tacite qui les lie est rarement rompu. Chacun y trouve peu ou prou son compte. Le nègre se considère comme un écrivain à gages. Il exécute sa besogne sans trop d'états d'âme. Dan Franck a servi de porte-plume à un grand nombre de faux auteurs avant de vivre de ses propres écrits grâce à des romans cosignés avec Jean Vautrin et surtout grâce au succès de *La séparation* (Seuil), prix Renaudot en 1991. Patrick Cauvin, qui signe aussi sous son vrai nom de Claude Klozt, aida Joseph Joffo à écrire son récit autobiographique *Un sac de billes*[1]. Il n'imaginait pas le succès colossal qu'allait remporter le livre. Il préfère ne pas en parler. Loup Durand, aujourd'hui décédé, se fit tirer l'oreille dans l'émission de Bernard Pivot, avant d'avouer qu'il écrivait les romans de Paul-Loup Sulitzer (le scoop revient à Pierre Assouline, qui révéla l'affaire dans *Lire* en 1987).

1. Le même Cauvin inventera de toutes pièces la biographie d'un humaniste oublié, musicien et poète, *Torrentera* (Albin Michel, 2000). Il ira jusqu'à organiser une exposition de ses œuvres.

LE MORT SAISIT LE VIF

Nous avons surtout évoqué jusqu'ici les romans. Mais le domaine où le plagiat et la négritude sévissent le plus reste celui de la biographie et de l'ouvrage historique de vulgarisation. La tentation est grande pour leurs auteurs de se dispenser de recherches fastidieuses en reprenant celles effectuées par leurs prédécesseurs – en omettant de les citer. Ce fut le cas de Paul Guth. Son livre *Moi, Ninon de Lenclos, courtisane*, publié en 1991 chez Albin Michel, fut retiré de la vente après que le tribunal eut reconnu le plagiat du livre de Roger Duchêne, *Ninon de Lenclos la courtisane du Grand Siècle* (Fayard, 1984)[1]. Ce qui arriva aussi à Henri Troyat en 2003, pour sa biographie de Juliette Drouet. On démontra qu'elle n'était qu'un démarcage de celle de Gérard Pouchain et Robert Sabourin, *Juliette Drouet ou la dépaysée*, publiée chez le même Fayard en 1992. L'histoire est d'autant plus étonnante que, comme le rappelle Hélène Maurel-Indart : « *En 1942, Henri Troyat avait écrit un petit bijou de roman dont le titre* Le mort saisit le vif *racontait une tragique histoire de plagiaire. Un prétendu romancier nommé Jacques Sorbier publiait sous son propre nom le manuscrit inédit d'un homme défunt.* »

Le plagiat échappe de plus en plus à la vigilance. La multitude des ouvrages publiés, la brièveté de leur durée de vie rendent presque impossible l'étude sérieuse de leurs emprunts. Il y aurait trop à faire. L'existence de l'ordinateur et d'Internet facilite encore le plagiat. Elle l'encourage par l'utilisation du copier-coller et du *Dictionnaire de synonymes* fourni par l'ordinateur. Les élèves le savent, qui rendent des explications de textes recopiées avec plus ou moins d'habileté sur la toile. Certains as de la contrefaçon ont l'art d'exhumer des biographies oubliées, des textes historiques rares et anciens qu'ils recopient et publient sous leur nom, sachant qu'ils ont peu de chances de se faire prendre. Un *Dictionnaire des personnages de la Révolution* sorti à l'occasion des fêtes du bicentenaire en 1989 fut ainsi retiré du commerce à la suite d'une plainte. Plagiat pur et simple d'un ouvrage paru au début du XXe siècle, il avait été tranquillement recopié à la Bibliothèque nationale par le nègre du commanditaire.

1. *Plagiats…, op. cit.*

VIII

La littérature sous le manteau

Jusqu'à une époque très récente, qui disait littérature érotique pensait aussitôt « sous le manteau ». Régine Desforges, la première femme éditeur en France, décrit ainsi ces vendeurs à la sauvette : « *Je revois un de ces démarcheurs, habillé de sombre, portant un chapeau de feutre et une mallette de cuir à l'intérieur doublé de satin rose sur lequel reposaient ces livres confidentiels. Avec quelle gourmandise il en entrouvrait le couvercle, soulevait le rectangle de satin qui protégeait ces raretés, tout en jetant un regard autour de lui pour s'assurer qu'aucun œil policier ne se trouvait dans les parages*[1] *!* » La première fois qu'elle vit ce manège, l'auteur de *La bicyclette bleue* éclata de rire tant le personnage lui évoquait un de ces pervers exhibitionnistes ouvrant son manteau à la sortie des écoles. Nous sommes alors en... 1968.

Contrairement à ce que pourrait donner à croire cette anecdote, la condamnation de la littérature érotique est, dans l'histoire, un fait relativement récent. À l'époque antique, sans figurer aux côtés des genres nobles – l'épopée ou la tragédie –, elle était considérée comme un divertissement[2]. On la rattachait au domaine du conte, de la comédie, de la poésie satirique. Culte dionysiaque oblige, les Grecs célébraient le phallus à travers des hymnes licencieux. Aristophane, né vers 446 avant J.-C. à Athènes, écrit *Lysistrata*, le premier chef-d'œuvre de l'érotisme. Une pièce de théâtre où des femmes décident de faire la grève du sexe.

La répression de la littérature érotique naît en France sous l'Ancien Régime. Nombre de livres pornographiques sont alors

1. Régine Desforges, *À Paris, au printemps, ça sent la merde et le lilas*, Fayard, 2008.
2. Alexandrian, *Histoire de la littérature érotique*, Seghers, 1989.

aussi des pamphlets révolutionnaires qui s'attaquent à Louis XVI et à Marie-Antoinette. Par une ordonnance de janvier 1629, renouvelée par l'arrêté du Conseil d'État de mars 1682, la délivrance d'un permis d'imprimer dépend de l'approbation d'un Censeur royal. Les expressions « vente sous le manteau » ou « sous la redingote » voient alors le jour[1]. Crébillon fils est emprisonné en 1742 pour ses tableaux de mœurs licencieux.

Ce n'est pas pour ses écrits que l'on arrête le Marquis de Sade au début, mais pour ses pratiques dépravées. En revanche, c'est au cours de ses longues réclusions qu'il achève sa première grande œuvre, *Les cent vingt journées de Sodome* (1785), « *un gigantesque catalogue de perversions* », selon Jean Paulhan. Le Marquis devra attendre le milieu du XXe siècle pour être édité au grand jour. En novembre 1946, René Bertelé, directeur des éditions Le Point du Jour, rachetées par Gallimard, a l'audace de republier *Les infortunes de la vertu* avec une préface de Jean Paulhan. À la même époque, le jeune Jean-Jacques Pauvert annonce comme un défi qu'il va entreprendre l'édition complète de l'œuvre du Marquis. Les dix volumes de l'*Histoire de Juliette* sont achevés d'imprimer en juillet 1949. Leur parution ne suscite pas de remous particuliers dans le milieu littéraire. Mais le même mois, le 16, est promulguée la « loi sur les publications destinées à la jeunesse ». Ce décret permet en réalité d'interdire toute publication quelle qu'elle soit. L'éditeur subit alors perquisitions et convocations à la mondaine (il s'était pourtant, explique-t-il, fait un plaisir d'apporter à ladite brigade des mœurs, au fur et à mesure de ses publications, un exemplaire de chaque volume)[2]. Pauvert continue ses publications clandestines. Pendant ce temps, la censure se perfectionne, un « outrage aux mœurs par la voie du livre » est rendu possible en 1954.

L'affaire Sade

Le procès Sade s'ouvre le 15 décembre 1956 devant la XIIe chambre correctionnelle. Avec, aux côtés de l'éditeur incriminé, quatre témoins de taille : Jean Cocteau, André Breton, Georges Bataille et Jean Paulhan. Malgré leurs précieux témoignages, malgré la plaidoirie de l'avocat Maurice Garçon qui

1. *Ibid.*

2. Jean-Jacques Pauvert, *La traversée du livre*, Éditions Viviane Hamy, 2004.

évoque « *un document littéraire et psychologique de premier ordre* », Jean-Jacques Pauvert est condamné, le 10 janvier suivant, à deux cent mille francs d'amende (somme colossale pour lui à l'époque). Le tribunal ordonne en outre la confiscation et la destruction des ouvrages incriminés. Accablé par la sentence, l'éditeur ne désarme pas et fait appel. Et le 12 mars 1958, le juge donne raison à Maurice Garçon. Et pour la première fois, la magistrature reconnaît l'existence d'une « littérature pour adultes ». Le jugement supprime enfin l'amende et la destruction des livres. Cette importante victoire aux « conséquences incalculables » est de celles qui permettent à Pauvert de déclarer : « *Le XXe siècle, eh bien, j'y ai participé*[1] *!* »

Le cas Miller

Au sortir de la guerre, l'héritage moral de Vichy pèse toujours sur le pays. C'est dans ce contexte que paraît *Tropique du Cancer*. Ce livre, écrit par Henry Miller lors de son séjour en France, est traduit en 1945 chez Denoël. L'année suivante, *Tropique du Capricorne* est publié par Maurice Girodias aux Éditions du Chêne. Le Cartel d'action sociale et morale de Daniel Parker (évoqué plus haut) décide de s'en prendre aux éditeurs d'Henry Miller. Accusés de pervertir la jeunesse par leur obscénité, les ouvrages de Miller sont interdits aux États-Unis. L'auteur fait pourtant un tabac en France. Le 7 octobre 1946, Miller, qui suit l'affaire de sa résidence de Big Sur, en Californie, écrit à Lawrence Durrell : « Capricorne *a atteint maintenant les quarante-cinq mille exemplaires : Girodias, Gallimard et Denoël vont tous trois passer en justice dans quelques mois pour avoir publié des versions françaises des* Tropiques *et de* Printemps noir. *Quelle histoire ! Et pendant ce temps les livres se vendent comme des petits pains. On parle maintenant du "Cas Miller" comme on a parlé autrefois de l'affaire Dreyfus*[2]. » Le Cartel porte plainte auprès d'une Commission consultative de la famille et de la natalité, organisme constitué de magistrats et de membres de la Société des Gens de Lettres. Tous s'accordent pour engager des poursuites contre les éditeurs. Indigné, l'éditeur Maurice Nadeau riposte alors en formant un Comité de défense d'Henry Miller composé de traducteurs (celui de

1. *La traversée du livre*, *op. cit.*
2. *Lawrence Durrell-Henry Miller, Correspondance privée*, Buchet Chastel, 2004.

Miller a préféré user d'un pseudonyme). « *À mon tour,* écrit-il, *j'accuse, alors que nous venons d'être libérés, les nostalgiques de Vichy qui, tel le dirigeant du Cartel d'action sociale et morale, non contents d'exiger des poursuites contre des écrivains, osent demander, comme au bon vieux temps, la "censure préalable" des ouvrages à paraître*[1]. » Derrière l'éditeur, Gide, Georges Bataille, Pierre Seghers, André Breton ou Paul Éluard. Le Comité affirme, dans *Combat* daté du 1er novembre 1946, « *qu'il ne saurait y avoir de procès Miller, qu'on ne peut accorder aux ligues de moralité le pouvoir d'intervenir dans les problèmes de l'expression artistique, et que l'idée d'une censure préalable appliquée aux œuvres de l'esprit est inadmissible*[2] ».

Le procès Miller s'enlise. Il n'aura finalement pas lieu mais les libraires et les éditeurs se verront surveillés, inquiétés. La police tentera de faire retirer les ouvrages de la vente. Le préfet de police, raconte Nadeau, fit descendre ses « argousins » dans une imprimerie parisienne pour y saccager les plombs de *Sexus*. C'est en effet à Maurice Nadeau que Miller a confié ses nouveaux ouvrages (il publiera également *Nexus, Plexus, Le sourire au pied de l'échelle).*

En janvier 1953, lorsque Miller revient à Paris, le scandale est apaisé. Au grand dam de l'ambassade d'Amérique, journalistes et photographes font la queue chez l'éditeur pour le rencontrer. Henry Miller avait toujours compté sur le soutien de la France à son œuvre, il aura finalement eu raison. Dans son pays, ses livres circulent toujours sous le manteau. *Tropique du Cancer,* futur classique de la littérature érotique, est l'objet d'une série de procès. Jusqu'en 1964, date où la Cour suprême casse le jugement pour obscénité au vu de la qualité littéraire de l'œuvre.

HISTOIRE D'O

Dans les années 1950, la censure s'épanouit donc en France. Pourquoi, s'interroge son éditeur Jean-Jacques Pauvert, Pauline Réage, l'auteur d'*Histoire d'O,* échappa-t-elle à la correctionnelle ? Dans sa préface, Jean Paulhan louait certes « *l'extraordinaire décence* » du style de l'auteur (en réalité sa collaboratrice

1. Maurice Nadeau, *Grâces leur soient rendues*, Albin Michel, 1990.
2. Le comité dirigé par Nadeau ne se mobilisera cependant pas pour *J'irai cracher sur vos tombes,* car Nadeau n'estimait pas assez l'œuvre.

chez Gallimard, la discrète Dominique Aury). Mais, publié en 1954, le roman avait tout pour susciter scandale et interdiction. Et, en dépit de l'avertissement placé dans tous les exemplaires – « *L'HISTOIRE D'O, nous vous l'affirmons, est un livre qui fera date dans l'histoire de toutes les littératures* » –, la sortie de ce sulfureux ouvrage passa presque inaperçue. Côté critique, un « *silence assourdissant* », dixit ce même éditeur. Commercialement, le livre fit, la première année, un bide... Car cette même année, on ne parle plus que de *Bonjour tristesse*, le roman de la toute jeune Françoise Sagan. Un joli succès de scandale qui se vendit à un million d'exemplaires.

La polissonne

Quelques années plus tard, en janvier 1968, Régine Desforges décide de publier son premier livre, un érotique (*Le con d'Irène*), pudiquement rebaptisé *Irène* à la demande de son distributeur. Il s'agit d'un texte de Louis Aragon, paru clandestinement en 1928. Sollicité par l'éditrice, l'écrivain ne se résout toujours pas à en assumer la paternité. Le livre paraîtra donc sans nom d'auteur. Le 12 février, la police se présente aux bureaux de l'éditrice, rue Blanche, pour en saisir une dizaine d'exemplaires. Régine Desforges est convoquée au Palais de justice, puis la police saisit la totalité du stock.

La presse s'indigne-t-elle de cette atteinte aux libertés ? Pas du tout. *Le Monde, France-Soir, L'Express* titrent sur « *la scandaleuse* », « *la polissonne* », « *la papesse de l'érotisme* » sans s'émouvoir de la saisie de ses livres. La presse étrangère emboîte le pas à ses confrères français : du *Times* à *La Tribune de Lausanne* on stigmatise la sulfureuse. Il se trouvera néanmoins un André Pieyre de Mandiargues pour vanter dans *Le Nouvel Observateur* « *un admirable poème érotique* » et un Yvan Audouard dans le *Canard enchaîné* pour s'interroger dans un article intitulé « L'Aragon d'Irène » sur l'identité de l'auteur : « *La rumeur publique attribue unanimement au poète Aragon le texte de cette Irène dont l'attribution semble aujourd'hui l'importuner,* écrit-il. [...] *Aragon peut seul sauver cette gracieuse éditrice.* [...] *Mais c'est à lui de juger. À lui seul. Il y va, monsieur, de l'honneur d'une femme*[1] *!* » Cela ne semble guère émouvoir Aragon qui nie toujours. Pas très courageux, l'auteur d'*Aurélien*. L'éditrice, quant à

1. Régine Desforges, *op. cit.*

elle, est avertie par le patron de la mondaine des sanctions qu'elle encourt si elle persiste à faire paraître des érotiques. Bien décidée à se battre jusqu'au bout et à faire respecter le droit d'éditer au pays des Lumières, Régine Desforges republie *Irène*. Elle lui cherche un auteur au patronyme le plus ridicule possible, ce sera Albert de Routisie. Elle continuera de publier ce que bon lui semble, passant outre aux diverses condamnations à de lourdes amendes et à une autre pour « *outrage aux bonnes mœurs par la voie du livre* ». Elle passera même devant la XVIIe chambre correctionnelle après des publications d'érotiques comme *Les trois filles et leur mère* de Pierre Louÿs ou *Ma vie secrète* d'un anonyme du XIXe siècle. Chaque fois, note-t-elle, la salle est comble : avocats, journalistes, écrivains…

Plus tard, elle se retrouve dans la même chambre aux côtés d'André Hardellet dont elle a publié – sous le pseudonyme de Steve Masson – *Lourdes, Lentes*, un érotique de grande qualité. À la barre, des témoins comme Georges Brassens, Julien Gracq, René Fallet, Bernard Noël, excusez du peu. Là voilà de nouveau condamnée pour « *outrage aux bonne mœurs par la voie du livre* ». L'éditrice fera appel. Mais hélas, elle se rendra seule au tribunal. « *Entre-temps*, écrit-elle, *André Hardellet était mort de honte et de chagrin*[1]. »

Coup de grâce

Que d'eau (que d'O) a coulé sous les ponts depuis ces affaires. Mai 68 est passé par là et son « interdit d'interdire ». Les folles années 1970 et leurs mouvements de libération de la femme lui ont succédé. À la fin des années 1980, une vogue de littérature érotique féminine prend son essor – largement encouragée par les éditeurs. On se souvient notamment du *Boucher* d'Alina Reyes (Seuil, 1988). La séquence sexuelle devient un passage quasi obligé, une figure de style. Jusqu'à la publication, fin 2005, de *La vie sexuelle de Catherine M*, de Catherine Millet (Seuil). Vendu à plus de deux millions et demi d'exemplaires, « *le livre le plus explicite à propos du sexe, jamais écrit par une femme* », selon Edmund White, solde deux décennies d'érotiques féminins – et leur porte le coup de grâce.

1. *Ibid.*

IX

Le succès des autres

Le seul vrai scandale pour un écrivain, c'est le talent de l'Autre, son aisance, sa facilité, l'aspect novateur d'une écriture qui balaie tout sur son passage. On tentera toujours de minimiser cette monstruosité, de ramener son auteur à la norme par tous les moyens. Comme l'exprime un personnage de Laurence Cossé[1] : « *Tout le monde sait que* La chartreuse de Parme *a été écrite en cinquante-deux jours, juste avant Noël 1838. Mais ce que certains ignorent, c'est que Stendhal avait alors cinquante-cinq ans, et qu'il n'avait rien fait de bon depuis pratiquement dix ans.* » Les écrivains rapides sont méprisés, les écrivains prolixes sont mal vus – on dit qu'ils tirent à la ligne, on les traite de pisse-copie, d'êtres âpres au gain. Le créateur hors norme n'est jamais le bienvenu. Surtout s'il a le verbe haut, qu'il ne courtise par les importants. On le calomnie, on l'écarte s'il le faut. Pour être un brave écrivain, aimé de ses confrères, il faut publier un livre tous les vingt ans en tirant la langue et en suant comme un bœuf. L'impuissance littéraire, le sentiment d'échec, le doute, voilà ce qui sied à un auteur bien vu. L'éclosion inopinée d'un génie en dehors de tout plan marketing est la plus grande incongruité qui puisse advenir dans ce bas monde de l'édition.

Scandale

Le pire scandale pour un écrivain, c'est donc son insuccès. En 2006, Marc-Édouard Nabe abandonne la partie. Il s'en explique ainsi : « *Je suis un loser, ce qu'on appelle* [...] *un*

1. Laurence Cossé, *Au bon roman*, Gallimard, 2009.

worst-seller. J'ai complètement raté mon destin d'écrivain. J'ai écrit vingt-sept livres totalement inutiles ; personne ne les a lus, ou si peu[1]. » Avec une rare verve, l'auteur s'autofustige ainsi sur des dizaines de pages : « *Mon nom est un gros mot* » ou : « *Il est plus difficile d'ouvrir un livre de moi qu'une huître.* » Le plus navrant, c'est que son ami des débuts, Michel Houellebecq, a conquis un large public et une notoriété internationale : « *Sur le fond, ta* Possibilité d'une île *ne dérange personne, Michel. Ce qu'il y a de plus "scandaleux" dans ton livre, c'est qu'il a du succès.* » « *J'arrête,* poursuit Nabe. *Quand j'étais jeune, je me rêvais un destin à la André Suarès ou à la Léon Bloy, c'est fait. Il faut être logique ; puisque mes contemporains me considèrent comme mort, je ne dois plus exister à leurs yeux ? Rendez-vous dans cent ans ! En attendant, j'arrête.* » Depuis qu'il n'écrit plus, on l'estime davantage, on salue ses rééditions.

CANARD BOITEUX

À bien y regarder, tous les écrivains sont affligés du complexe du canard boiteux. Sinon, ils n'écriraient pas, ils vivraient normalement. Tout canard boiteux rêve de devenir un cygne. C'est pourquoi la gloire qui ne vient pas est une barbarie, un supplice, une honte. Et pourtant, lorsqu'elle vient, l'auteur devient suspect. Michel Houellebecq est certes une célébrité, mais il est aussi l'objet de violentes attaques, on fouille sa vie privée, on le caricature, on le vilipende, on publie sur lui des biographies à charge. Sa notoriété l'isole : « *Ce pays attache une grande importance à sa littérature, contrairement à d'autres nations qui acceptent très bien de ne plus trouver en vente que des livres américains. C'est le pays au monde où il est le plus facile pour un écrivain de passer à la télévision. Mais quand on a trop de succès, cela passe pour indécent,* constate Houellebecq dans un entretien accordé à *Paris-Match. Il y a une fièvre égalitariste, qui supporte mal la réussite.* » Aujourd'hui, avec sa démarche hésitante, son air lugubre, sa voix d'outre-tombe, son éternelle parka qui signe un refus manifeste d'arborer les signes extérieurs de la réussite, Michel Houellebecq est ce canard boiteux jamais devenu cygne (« *l'air triste d'un gagnant du Loto* », ajouterait Nabe).

1. *Le vingt-septième livre, op. cit.*

Une poignée de détracteurs circonscrite à un petit milieu parisien suffit à faire son malheur. Histoire d'aggraver son malaise, de réactiver un sentiment de rejet initial, il insulte ses ennemis, renie les critiques. En dépit du rayonnement mondial de son œuvre, il reste définitivement l'Incompris. Cela ne tient pas de la pose. Il n'est qu'à lire *Ennemis publics* (Flammarion, 2008) pour évaluer l'étendue de son calvaire. Le succès ne suffit pas, ni l'argent. C'est l'amour qu'il veut, or lui-même ne s'aime pas.

« *Ah ! Ils espéraient tous que je céderais enfin, que j'allais collaborer un peu quand même, et puis non, je repars dans l'autre sens*, écrit encore Nabe. *Je n'ai qu'une satisfaction, c'est qu'ils n'ont pas réussi à faire de moi un homme de lettres !* »

Le milieu littéraire, ils en refusent les lois. Deux faux frères ennemis, deux Robinsons, deux provocateurs, deux sulfureux prompts à attiser les foudres, à se faire haïr, à être mis en quarantaine car ils l'ont bien cherché : deux vrais écrivains peut-être. Ils refuseront toujours de marcher droit. Comme l'écrit encore Nabe : « *Moi, je suis l'endroit. L'envers, c'est les autres !* »

Bibliographie

ALEXANDRIAN, *Histoire de la littérature érotique*, Seghers, 1989.

ANDRY Marc, *Jacques Prévert*, Éditions de Fallois, 1994.

ASSINIMOV Myriam, *Romain Gary le caméléon*, Denoël, 2004.

ASSOULINE Pierre, *Gaston Gallimard : un demi-siècle d'édition française*, Balland, 1984.

BELFOND Pierre, *Scènes de la vie d'un éditeur : les pendus de Victor Hugo*, Fayard, 2007.

BONA Dominique, *Romain Gary*, Mercure de France, 1987.

BONNEFOY Claude, *Ronceraille*, Seuil, 1978.

BORNECQUE Jacques-Henry, *Pierre Benoit le magicien*, Albin Michel, 1986.

CHRISTIE Agatha, *Une autobiographie*, Éditions du Masque, 2006.

DESFORGES Régine, *À Paris, au printemps, ça sent la merde et le lilas*, Fayard, 2008.

DEVÉSA Jean-Michel, *Sony Labou Tansi : écrivain de la honte et des rives magiques du Kongo*, L'Harmattan, 1996.

DIESBACH Ghislain de, *Proust*, Perrin, 1991.

DOLLÉ Marie (sous la direction de), *Quel scandale !*, Presses universitaires de Vincennes, 2006.

GUITRY Sacha, *La correspondance de Paul Roulier-Davenel*, Éditions de Fallois, 2009.

HOUELLEBECQ Michel et LÉVY Bernard-Henry, *Ennemis publics*, Flammarion, 2008.

JEANDILLOU Jean-François, *Supercheries littéraires : la vie et l'œuvre des auteurs supposés*, Usher, 1989.

JULLIARD Claire, *Boris Vian*, Folio-biographie, 2007.

LACARELLE Bertrand, *Jacques Vaché*, Grasset, 2005.

LAPOUGE Gilles, *La maison des lettres, conversations avec Christophe Mercier*, Phébus, 2009.
MALGORN Arnaud, *Jean Genet. Portrait d'un marginal exemplaire*, Gallimard, 2002.
MAUREL-INDART Hélène, *Plagiats, les coulisses de l'écriture*, La Différence, 2007.
NABE Marc-Édouard, *Le vingt-septième livre*, Le Dilettante, 2009.
NADEAU Maurice, *Grâces leur soient rendues*, Albin Michel, 1990.
—, *Histoire du surréalisme*, Seuil, 1964.
PAUVERT Jean-Jacques, *La traversée du livre*, Éditions Viviane Hamy, 2004.
VAJDA Sarah, *Jean-Edern Hallier : l'impossible biographie*, Flammarion, 2003.
VITOUX Frédéric, *La vie de Céline*, Grasset, 1988.

Index des personnes mentionnées

Librio

922

Composition Nord Compo
Achevé d'imprimer en Italie par Grafica Veneta
en août 2009 pour le compte de E.J.L.
87, quai Panhard-et-Levassor, 75013 Paris
Dépôt légal août 2009
EAN 9782290015452

Diffusion France et étranger : Flammarion